光文社文庫

万次郎茶屋

中島たい子

光　文　社

目次

親友

【質問】

友だちはたくさんいますが、親友と呼べる人がいません。どうしたら、そのような友だちをつくることができますか？ （世田谷区 会社員 二十八歳 男性）

西暦（AD）が廃止されることが決まって、それに代わって始まる地球暦（AT）元年まで、残すところあと一ヶ月となった。言うまでもなく巷《ちまた》は興奮状態にある。新暦になっても、今までどおりクリスマスや祝日は残されるので、変わるのは結局のところ暦名と年数だけだが、一つの時代が終わり、新しい時代が始まると、世界中の誰もが思わずにはいられないでいる。懐古と期待が入り交じった複雑な心持ちで人々は語りあい、メディアも忙しく、膨大な過去をふりかえる「総集編」と、期待大な未来の「予告編」を交互に流している。また、暦名が変わる瞬間に電子機器が誤作動を起こすとされる「AT問題」についても。

「お祭り騒ぎになるのはしかたないけど。本来の意味を、みんな忘れちゃってるよね」

思ったほど静かではないバーのカウンターでぼくが言うと、

「意味って？」

ガールフレンドの彩花《あやか》は、携帯端末をタップしながら返した。ぼくはバーテンダーにシャンパンを頼んでから、逆に聞き返した。

「なんで西暦が廃止されることになったか、忘れたの？」

彼女はストレートの髪をかきあげ、えーと、と考えた。

「……なんか、へんな石が、空から落ちてきたから」

そう、とぼくはうなずいた。

「正確には石じゃないけどね。墓石みたいな、あるものが落ちてきた。宇宙を旅してきたそれは、遠いところに存在した文明から送られてきたメッセージだった。と、わかるまでは少し時間がかかったけど」

誰かが見つけてくれるかも、というわずかな可能性にかけて、大海に投げ入れられた手紙入りのビンは、宇宙空間を漂《ただよ》った末、奇跡的に地球という浜に打ちあげられて、人類がそれを拾った。

「そこそこの技術があれば、それは解読できるように作られていた。むしろ、ある程度の文明を築いている生物にこそ、メッセージを読んで欲しかったんだろうね」

彼女はビールを飲み干して、メニューを開いた。

「残念よね、人間と同じようなひとたちが、どこかにいたのに、会えなかったなんて……。あなた、シャンパンなんか飲んでるの？」

「うん。いつもなら二杯目もビールだけど。習慣を変えてみようと思って」

「ああ、それだ」

ネイルアートがごってり盛られた人差し指を、彼女は立てた。

「私たちもこのまんま同じことしてると彼らみたいに滅んでしまうから、何かを変えなきゃ、ってことになったんだ」

そうなんだよ、とさらに深くぼくはうなずいた。

「宇宙のどこかの星に存在していた彼らも、同じように文明を築いて、戦争をくり返して、自然破壊をし尽くして、天候がおかしくなって、最後は滅びることになった、と遺言でせっかく教えてくれたんだから」

そのメッセージは全人類に衝撃を与えた。真偽を怪しむ人たちもいたけれども、慎重に調査、分析した結果、それは地球上には存在しえないものと証明され、地球外生命体がいたことも認めざるをえなくなった。おかげで、自分達もこのままだとやばいぞ、と危機感を抱かずにはいられなくなってきた。彼らの警告に耳を傾けて、同じ道を歩まな

いよう人類も、

「ここで思いきって価値観を変えて、出直すべきではないか？」

回避するにはそれしかないと、各国の首脳陣や識者、宗教指導者らが集まって、議論がくり返された。とはいえ、簡単にそれができるもんなら、こんなことにはなってない。皆が頭を抱えていると、とある小国の首相が、たとえば、と手を挙げた。

「リセットする意味で、長いこと使ってきた『西暦』というものを終わらせて、新しい暦名で、文字どおり一から始めるというのは？」

変えるなら、まずは気分から、と彼は恥ずかしげもなく述べた。

「心機一転ってやつで、みんなの意識も変わるかも」

かなり短絡的なアイデアであるが、意外にも好評を得た。もちろんこれには、世界中のキリスト教徒や教会が、宗派を問わずに猛烈に反対した。ところが、それらの最高位聖職者が、もはや西暦はあまりに一般的なものになってしまって宗教的な意味から離れたものになっているし、皆が過去の過ちを悔い改めて、平和の時代を迎えられるのならばよしとすると理解を示し、結果、合意された。

「暦を変えるだけで、人の価値観が大きく変わるとは思わないけどさ」

ぼくと彩花は店の壁に貼ってある西暦最後のカレンダーを見た。

「そうね。ワインの味が新暦になったとたん変わるわけでもないし」

「でもぼくは、ぜひ新しい価値観というものを、この機会に持ちたいと思うんだ。将来、人類が滅びないためにもね」

彼女はうなずいた。が、それはワインの銘柄を彼女に見せるイケメンのバーテンダーに返したものだった。

「そこで、君に言わなくちゃ、なんだけど……。西暦から地球暦元年に変わる、その記念すべき大晦日は……君と一緒に過ごせない」

「ええっ！」

彩花は目を大きくして、手からグラスを落としかけた。

「新暦を祝う花火が見られる、超ロマンチックなホテルの部屋を予約してあるのに！」

「そうなんだよ。誰もがその記念すべき日を、家族や恋人と過ごすって決めているだろ。だけどぼくは、それとは違う新しい価値観でその日を迎えたいと、思い直したんだ」

「……じゃあ、その日、あなたはどう過ごすのよ？」

「友だちと、一緒に過ごす」

「みんなで集まって騒ぐの？　ぜんぜん普通じゃない」

「いや、一人の、友だちと」

彼女はおもいっきり眉間《みけん》にしわを寄せた。

「それって、男？」

「うん。まったく利害関係にない、依存関係にもない、家族でもない人と。真の友だちと、その大事な日を迎えようと思うんだ。これぞ新時代にふさわしい価値観じゃないかな？」

彩花は、まったく理解できないというように、眉間のしわを解こうとしない。

「男って……それ、もしかしてカミングアウト？」

「いや、だから、そうじゃなくて」

「じゃ、その真の友だちって、誰よ？」

「そう、そこが問題なんだ。君もそうだと思うけど、端末でやりとりしたりネット上で情報を共有している『友だち』なら、何百っている。でも、彼らのほとんどとは会ったこともないし、定期的に会ってる連中とも浅くしかつきあってない。生身でつきあうような友だち、価値観が変わるその大事な瞬間を一緒に過ごすような、親友っていうのが、ぼくにはいないってことがわかったんだ」

「なら、どうすんの？」

「大晦日までに、親友をつくろうと思う」

バン！　と彼女はカウンターを叩いて、立ちあがった。

「私を傷つけたくないにしても、そんなわけわかんない嘘をつかないでよ！　はっきり、他に好きな女ができたって言えばいいじゃない！　どーぞ、その女と記念すべき大晦日を過ごしてちょうだい！」

「いや、だから、違うって」

止めたが、彼女は椅子をぼくの方に蹴飛ばして、去って行ってしまった。……新しい価値観って、リスクがともなうようだ。


【回答】

貴方がおっしゃるとおり、親友という関係を築くことが、今は難しい時代かもしれません。とは言っても、子供の頃から友だちであるとか、何をするのも一緒なのが「親友」ともかぎりません。あなたの近くにいる意外な人が、親友になるということもあるのでは。


彩花が理解できないように、一ヶ月で親友をつくるなんて無茶な話かもしれない。でもとりあえず、そういう関係になれそうな人が身近にいないか、ぼくは探すことにした。

パソコンを開いて、『友だち』というカテゴリーにある、数えきれないほどの顔写真を、モザイクのように画面いっぱいにならべる。この中に未来の親友が一人ぐらいいるに違いない。杉村《すぎむら》は、人を笑わせる面白い男。古沢《ふるさわ》は、サッカー好きの熱いヤツ。谷崎《たにざき》は、ちょっと性格がひねてるけどインテリだ。うーん、誰とも親友になれそうで……なれなさそう。

「親友の定義ね……」

社員食堂で隣りになった上司の城戸《きど》さんに、ぼくは聞いてみた。

「言われれば、私も親友って呼べる友だち、いないなぁ。まあでも、やっぱり話があうとか？」

彼女は、向かい側に座っているオペレーターのおばさんに聞いた。

「親友っている？」

自然化粧品の通販会社にぼくは勤めているので女性が多い仕事場だが、古株のおばさんは湯のみを置いて、手をふった。

「あなた、親友なんて持たない方がいいわよ！」

これまたいきなり、激しい意見だ。

「私にも、親友だと思ってた人がいたのよ。話もあって、気もあって、一緒に旅行に行ったり。だけど、その人が遊びに来ると、家から何かがなくなるって気がついて……問いただしたら、ドロンよ」

思い出したくないというように彼女は首を横にふった。

「親友なんてものは、いないのよ」

城戸さんはそれを聞いて、そういえば、とぼくを見た。

「うちの旦那も、親友に彼女をとられたことがあるって言ってた」

「親友って、恐いですね」

思わず言うと、彼女はうなずいた。

「親友なんていないのかもね。でも、いるとしたら、自分が本当に困ってるときに助けてくれる人が親友なんじゃないかしら」

やっぱり、そういう関係性を築きあげなきゃいけないってことか。どちらにしろ大晦日までには無理そうだ、と思っていると、オペレーターのおばさんが急に鼻にかかった声を出した。

「友だちなら歳の差は関係ないわよね。女友だちってのは、どう？」

「間に合ってます」

と返して、やれやれと視線を遠くにやると、隣りの部署に入ってきたばかりの新田《にった》君が、食堂に入ってくるのが見えた。

「新入り君は、今から食事？」

城戸さんが言うように、昼休憩も残りわずかで、彼はセルフサービスの味噌汁をおたまでかきあつめている。

「きっと仕事が終わらなかったんじゃないかな。彼、めちゃくちゃ要領が悪いみたいで。怒られてばっかりなんです」

「この忙しいときに、あんまりできない人を雇わないでほしいな」

城戸さんは不満げに言うが、ぼくも女性ばかりの職場で色々と苦労しているから、男だというだけでかばいたくなる。直接迷惑をこうむってないからだけど。

「新田君、よかったらこっちに来なよ」

ぼくは隅の席に着こうとしている彼に声をかけた。彼はちょっと驚いたような顔をして、でも断ることもなく、うつむきかげんでこちらにやってきた。

「どうも」

彼は会釈して、ぼくの向かいの席にトレーを置くと、黙々と食べ始めた。言葉も愛想もなく、漂う空気が辛気くさい。城戸さんとオペレーターのおばさんは顔を見あわせて、お先に、と席を立った。誘ってしまった手前、ぼくは残って話題を探した。

「システム部は大変だね、ＡＴ問題で」

新田君は、はい、とぼくを見ずに返した。

「君も、タイミング悪いときに入社しちゃったね」

彼は、そうですかね、と呟《つぶや》くように言う。要領悪い上にこの反応じゃ、女子社員から嫌われてもしかたない。

「これじゃ、お祭り騒ぎで終わっちゃって、西暦が地球暦になったところで何も変わらないような気がするけど」

話題を提供しても、彼は老人のようにうなずくだけだ。しかたなく独り言みたいに続けた。

「でもぼくは自分だけでも、これを機に新しい価値観を持ちたいと思ってる。彼らと同じ道を歩みたくはないからね」

新田君の箸《はし》が止まって、ようやくぼくを見た。

「へー。真面目にそんなこと言う人に、初めて会った」

先輩に対する口のきき方も知らないようだ。苦笑するぼくに、新田君は問いかけてきた。

「小野村《おのむら》さんは、本当に、あのメッセージが宇宙のどっかからきたと信じてるんですか？」

　ぼくはムッとしつつも、

「学者がそう言うからね。でも人間が負の歴史をくり返してきたのは事実だから、ここで考え直すのはいいことだと思うよ」

　努めて冷静に聞いた。

「君は、信じてないの？」

「信じてないですよ。なんで、そんなに簡単に信じちゃうのかなと思う。おまけに、暦を変えるなんて面倒なことして、いい迷惑だ」

　けっこう饒舌《じょうぜつ》じゃないか、とぼくも負けずに問う。

「じゃあ、新田君は、人類は今のままでもいいと、そう思ってるわけだ？」

　彼は一瞬黙って、真顔で返した。

「そんなことは、言ってませんよ」

「そうなの？　なら、ぼくと同じ意見ってこと？」

　彼は言葉を探しているようだったが述べた。

「つまり、自分が言いたいのは……その、もし信じるんであれば、もっと真剣に考えろよ、ってことです」

「やっぱり同意見じゃない」

彼は、照れくさそうに一瞬だけ笑みを見せた。彼が要領が悪いと言われる理由が、なんとなくわかった。でも、思った以上にちゃんとしてるやつじゃないか。

「ぼくも君みたいな人にはあまり会ったことないね」

残っている飯をかきこむ彼を見て、ぼくも微笑んだ。


【回答の続き】

そもそも、友だちはつくろうと思って、つくれるものではありません。その点では、恋人をつくるより難しいかもしれませんね。


新田君も独身みたいなので、金曜の夜、ぼくは彼を飲みに誘った。繁華街に行けば、人生に二度はないであろうスペシャルな年末に、その浮かれようは半端じゃない。西暦最後のクリスマスも控え、これでもかと電飾が灯り、渋谷駅のスクランブル交差点から見上げる巨大スクリーンには、西暦の数字とともに歴史的瞬間の映像が、大音量のクリスマスソングをバックに流れている。はしゃいで行き交う人々は、定番の赤いサンタの帽子やトナカイのツノをかぶっていて、背中に天使の羽、十字架を背負っている人も。

すると、ピロリピロリと、いかにもな電子音が聞こえてきて、そちらの巨大スクリーンを見れば、『地球暦元年』と映画風のタイトルが現れ、銀色のピッタリとした服を着た男女がエアカーに乗って笑っているという、今どきB級映画でも見ない未来像が映し出される。隣りの新田君もそれを見上げて呟く。

「……こういう未来って、結局、来ないよね」

同意を返そうとしたぼくは、いきなり誰かに腕を取られて、

「お兄さん、西暦最後の売りつくし大セール、サービスするよん」

サンタ風ワンピースを着た女の子に、胸の谷間を押しつけられた。何を売ってるのか知らないが、

「間に合ってます」

ふり払って、ぼくと新田君は、この騒ぎにあまり影響を受けていないガード下のやきとり屋に逃げこんだ。

いつもと変わらない炭火の香りにホッと息をついて、ぼくは自分のグラスにビールを注いだ。

「君は、システム部じゃなくて、ぼくのいる開発部に来るべきだったたね」

手羽先を食べながら、そうですかね、と新田君。なんでこの会社に入ったのかと改め

て訊《たず》ねると、

「女性が多い職場ってのが、面白そうだったから」

「あ、ぼくも！　女の人の方が発想が自由なんだよね」

「でも、甘く見てた」

「ぼくも、同じこと思った！」

膝を叩いて、二人して笑った。

「新田君、つかぬこと聞くけど、君は友だちっている？」

「いるけど、いない」

何を聞いても、彼は共感する言葉を返してくる。彼こそが、親友と呼べるような友人になるんじゃないだろうか？　そう期待しつつ、でも慎重に会話を続けた。

「ぼくは、親友と呼べる人と一緒に、新しい時代の幕開けを迎えようと思ってる。変だと思うかもしれないけど」

「この前から言ってる、価値観を変えるって話ですか」

新田君はため息をついた。

「小野村さん一人が、真面目に向き合ったところで何も変わりませんよ」

合わせないで、違う意見をはっきり言ってくれるのも、親友の条件と言えるかもしれない。

「ぼくは信じてませんけど。あれが本当に警告のメッセージなら、届くのが遅すぎた。猿が火を使い始めた頃に届いてたら、間に合ったかもしれないけど」

彼は、ぼくが飲みかけているビールを指した。

「価値観を変えるってことは、今持ってるもの全てを、捨てられるかってことです。まずはその一杯目のビールから」

ぼくは絶句した。

「大晦日を誰と過ごすかなんてことじゃ……変わらないですよ」

グラスを置いて、ぼくは彼の方を見られなかった。言われてみれば、そのとおりだと思った。そして自分の馬鹿さかげんが嫌になった。

「確かに、君の言うとおりだ」

お祭り騒ぎしている人々を見て、自分だけが真面目に人類のことを考えているだなんて驕《おご》っていた。そういう自分だって、はたして危機感をどのくらい持っているというのだ？　親友を探すだなんて暢気《のんき》なことを言って、皆と変わりないじゃないか。

「でも、何もしないよりは、いいと思うけど」

とはいえ素直に認めるのはよけい恥ずかしくて、未練がましく自己弁護した。新田君はそれには何も言わず、レモンサワーをすすっている。初めて彼が美味《おい》しそうに口に運ぶものを見た。

「君は、なかなかの悲観主義、いや現実主義者だね。いや、褒《ほ》めてるんだよ。ぼくなんかより一貫してる」

批評すると、彼はまた微《かす》かに笑みを浮かべた。

「そこまで堅物《かたぶつ》じゃないですよ。その証拠にぼくは、平行宇宙は存在すると思っているんです」

「平行宇宙」

知らない言葉ではないが、あまりに唐突で反応できなかった。彼は、やきとりの串を二本、自分の皿の上に平行に並べた。

「シオが、ぼくらのいる宇宙。もう一本のタレが、別の宇宙。同時に存在するけれども、二本が交わることはない。他にも、ネギ、ハツ、砂肝の串があるように、色々な宇宙が、存在している」

「知ってるけど。でも、交わることがないなら、それがあることを証明するのも無理なんじゃない？」

「理論的には説明がつくんですよ。一応」

と言われても、地球外生命体を信じない彼が、そんなことを言うのが解《げ》せない。

「なぜ、それは信じるの？」

「最後の希望かな」

彼はシオのやきとりを取って頭からムシャムシャ食べだした。

「このまま人類は変わらず……殺し合いと、自然破壊をくり返して……数百年のうちには……必ず滅ぶと思うけど」

肉を全部食べきって串だけになると、みすぼらしいそれをタレのやきとりの横に、平行に戻した。

「別の宇宙では、人類はもっと賢い文明や、社会を築いているかもしれない。そう、考えることができる」

彼と一緒に、ぼくも二本の串を見つめた。

「逆に、もっと最悪なことになっている宇宙もあるかもしれないけど」

新田君は隣りの席の客が食べている、明太《めんたい》マヨネーズが盛られた新感覚のやきとりを指した。そして自分の皿に目を戻して、まだ肉が付いてるタレの串を取りあげた。

「今いる世界は変わらない。でも別の宇宙には、もっと幸せなぼくがいる。と思えば救われませんか？」

タレが塗られた艶《つや》やかな鶏肉。不思議とそこに希望が見えてくる。

「やっぱり君は、悲観主義者だね」

ぼくらはしばらく無言で、酒とやきとりを交互に口に運んだ。

「すみません」

新田君は小さく頭を下げた。

「ぼくがいると場が暗くなるって、どの職場でも言われて。どこにも馴染《なじ》めないで、転々としてるんです」

ぼくは彼が持ってる串を指した。

「べつに、いいじゃない。違う宇宙には、めちゃ明るくて人気者の君がいるんだ、って思えば」

新田君は驚いたようにぼくを見た。

「暗くてもぼくはかまわないし、会社が退《ひ》けたら、ため口でもいいよ」

付け加えると、彼は息をついた。

「ホントは、つきあいが悪くても許されるから、異性の多い会社に転職したんです。……こんな風に一緒に飲める人がいるとは」

彼はまた微かな笑みを見せた。一応、大晦日の予定を聞こうかなと思ったとき、かなり酔っぱらっている隣りの客が、立ちあがってグラスをかかげた。

「さようなら古いオレ！　こんにちは新しいオレ！　明けまして地球暦元年おめでとーっ！」

まだ早いよ！　と誰かにつっこまれている。

「新しいオレ、か……」

新田君は呟いた。


週明け早々、ぼくは城戸さんのところに話をしに行った。

「要領が悪いヤツだって、あなたが言ったんじゃない」

「実は、不器用なだけで頭はいいし、人にはない発想も持ってるから、開発部に来た方が役に立つと思うんですよ」

そうなの？　と城戸さんは半信半疑な感じだったが、ぼくは新田君をうちの部署に欲しいと熱弁を続けて、最後には彼女も人事部と相談すると言ってくれた。そのことを新田君に伝えようとシステム部に行くと、彼は体調不良のため欠勤、ということだった。週末に飲ませ過ぎたかなと彼の携帯にかけてみたが、出なかった。

翌日も、その後も新田君の欠勤は続き、一週間後に辞表だけが郵便で届いて、電話も解約されて連絡がとれず、彼が会社に現れることは二度となかった。システム部は彼が突然消えたことで仕事が頓挫《とんざ》して、かなり迷惑を被《こうむ》ったようだった。

社員食堂で、ぼくが一人で食事をとっていると、城戸さんが隣りに座った。彼女が口を開く前に、ぼくから先に言った。

「すみませんでした。結局のところぼくは、人を見る目を持ってなかったみたいです」

城戸さんはうなずいたが、同情するように返した。

「あなたも、親友にしてやられたってわけよ。大丈夫？　なんか盗《と》られてない？」

うちの親会社である製薬会社のデータベースにアクセスできる資料室の鍵が、新田君と飲みに行った夜から見当たらないことは、あえて言わなかった。

「盗られたとすれば心かな。いい友だちになれると思ったんですけどね」

女性社員ばかりの食堂を見やって、ぼくはため息をついた。

【回答の続き】

あまり親友というものにこだわらないで、まずは自分のまわりにいる人たちを大事にすることから、始めてみるのもいいでしょう。

「えーっ、そんなのわかりきってるじゃない」

小ぶりのダンベルを両手に持っている彩花は、ベンチで腹筋運動をしているぼくを見て言った。しばらくはジムで会っても無視されていたが、ようやく機嫌がなおってきたようだ。

「その彼にしてみたら、やけに馴れ馴れしい先輩に飲みに誘われて、へんに褒められたり、遠回しにくどかれたりしたから、やっぱそっちの人だと思って、恐くなって逃げたのよ」

「いや、それはないよ！」

ぼくは声を大きくして反論した。

「どうせ、『大晦日を君と一緒に過ごしたい』とか言ったんでしょ？」

「そうは言ってないけど……そう思われた、かもしれない」

ほらー、と彩花はタオルで顔を拭きながら言った。

「私は長いことつきあってるから、あなたのおかしな言動にも馴れてるけど。普通だったらそう思うわよ」

君だって疑ってたじゃん、とぼくは口ごもった。

「わかったでしょ。自分がやってることがズレてるって」

「ホント、君の言うとおりだよ」

彼女は笑顔になって、こちらに歩み寄ってきた。

「じゃ、大晦日は私と過ごすのね。実は、まだホテルはキャンセルしてないの」

腹筋を続けながら、ぼくは首を横にふった。

「いや。大晦日は、一人で過ごすことにした。新田君に言われてみれば、自分だってハンパだ。彼が消えてからは、自分が甘ちゃんだってことにも気づかされた」

だから、とぼくはベンチから起きあがると彩花に言った。

「価値観を変えるために、ぼくは全てを捨てる。恋人も友人も」

ゴン！　と彩花が両手のダンベルをぼくの足元に落としたので、ぼくは飛びあがった。

「危ないな！　殺す気か？」

「ああ、死んじまえっ」

彩花は言い捨てると、ぷりぷり怒って去って行った。ぼくは呆然《ぼうぜん》と彼女を見送って、そこまで怒らなくても、とロッカールームに戻った。ロッカーを開けて携帯端末を見ると、着信が入っていた。折り返しかけると、男の声が出た。

「今夜ひま？　麻雀《マージャン》、一人足りなくてさ」

こういうときにしか連絡もないが、木村《きむら》とは大学時代からの腐れ縁というやつで、なんだかんだつきあいが続いてる。

「ひまじゃないよ。世界中が大騒ぎしてるときに、よく麻雀なんかできるな」

「じゃ、来られない？」

ぼくは誰もいないロッカールームを見やった。あの調子だと彩花もとっくに帰ったろう……。


「おー、やっぱ来たな。この二人は知ってるよね」

木村のマンションに着くと、彼と、顔馴染みの男二人がすでに卓を囲んでいた。

「かみさんが子供連れて実家に帰っててさ。人類が滅びる前夜だって徹マンやるでしょう！」

こういう下品な友だちからまずは捨てなくては、と思いながら、ぼくは無言で牌《パイ》を積んだ。とはいえ、このところ難しいことばかり考えていたから、久しぶりの麻雀は妙に楽しくて、さっそくリーチをかけて鼻歌をうたっていると、木村が聞いてきた。

「小野村は、大晦日はどうすんの？」

その話題を木村からもふられるとは。この場で「価値観を変える」なんて高度な話をする気はさらさらない。すると、

「みんなで集まってパーティーやるからさ、予定なかったら、おまえも彩花ちゃん連れて来なよ」

木村は、あたりまえのように誘った。ぼくは聞き返した。

「家庭持ちは、その瞬間を家族と一緒に過ごすんじゃないの？」

「もちろん、かみさんも子供たちも、親も一緒だよ。それに友だちも呼んじゃって、わーっと祝おうってことになったから」

ふーん、と言ったっきり、ぼくが黙っていると、どうした？　と木村が問うので、結局、短い言葉で持論を述べた。

「ぼくは一人で過ごすつもりだよ。新しい時代を、今までとは違う形で迎えたいんだ。おもいきって、大事に持ってる牌を捨てるようなこともしなきゃって思うんだ」

木村は、ぼくを見てちょっと考えていたが、

「……なるほど。そういう過ごし方もありかもな」

感心したようにうなずいた。

「いや、ありだよ」

「いいんじゃやない？」

他の二人もそれぞれにうなずいて、意外にもこんなところで初めてぼくの考えは受け

入れられた。

「わかってもらえて、嬉しいよ」

ぼくは、牌をひくのも忘れて皆に言った。

「恐れずに、それをやるべきだと思うんだ」

「新しいことするのは必要だよ。例の、墓石を送ってよこした宇宙人もある意味『もっとギャンブルしろ』って、言いたかったのかもな」

木村の言葉に、今度はぼくが感動していた。口は悪いけど、感性がある。なかなかの男じゃないか、と見直した。でも、と木村は続けた。

「おれは、全部を捨てる必要はないと思うな。持ってた方がいい牌ってのもある。人間がつくりあげてきたものでいいものもある。酒と麻雀は、宇宙にだって持ってくよ」

これは捨てるけど、と木村は、ぼくの顔を見ながら牌を切って、あたりでないとわかると安心したように言った。

「家族を大切にするとか、そういうのは殿堂入りじゃん？　だから、家族と大晦日を過ごすってのも、またありよ」

ぼくは、さらに心を打たれずにはいられなかった。リーチをかけたぼくより、木村が先にツモって、ぼくはそれからもずっと負け続けて、朝を迎えた。

シェアハウスというやつらしい。新田君に貸しているものがあるからと、人事部に言って彼の住所を聞き出した。そこを訪ねて行くと、予想外に立派な一軒家で、表札には複数の名前が書いてある。もちろんアポなしで、クリスマスイブだけど、彼は家にいるような気がした。インターホンのボタンを押すと、彼ではない男の声が無愛想に応じて、ぼくは新田君に会いにきたと伝えた。クリスマスだというのに窓の向こうも薄暗く、ひっそりとしている感じだったが、しばらくして玄関の扉が開き、新田君が出てきた。予想はしていたが、表情はない。

「なんですか」

ぼくは玄関先でもかまわず話し始めた。

「会社の鍵を、返してもらいたくて来た。なんで持っていったかは聞かないし、返してくれれば誰にも言わない」

彼は黙っていたが、ようやく口を開いた。

「その鍵のことは知りません。ぼくが盗ったという証拠でも？」

それは証明できなかったが、ぼくは言った。

「チャンスをあげに来たんだ。友だちだから」

新田君は、じっとぼくを見返した。

「友だちになんかなってない、と言いたいかもしれないけど。ぼくの中では、君はまだ友だちだから。もし会社に戻りたければ、ぼくから上司に頼んでみるよ」

彼は眉間にしわをよせた。ぼくはまた先を読んで返した。

「よけいなお世話だよね。わかってる。でも、もう一つだけ。もしよかったら、大晦日を一緒に過ごさないかな、と思ってね」

ぼくは勘違いされないよう、手をふって説明した。

「二人でじゃなくて。いつも麻雀やる仲間が、家族や友だちを集めて、みんなでわーっと祝うんだ。ぼくも彼女連れて行くことにしたんだけど。君も予定なかったら、来ない？」

「それでいいんですか？　小野村さんは」

冷ややかに返されて、ぼくは一瞬、言葉に詰まったが、最近気づいたことを素直に打ち明けた。

「君や麻雀友だちと話して、わかったんだよ。形ないものにふりまわされて、一番浮かれてたのは自分だって」

うなずきはしないけど、彼は同意するような目でぼくを見ている。

「『親友』とか『捨てる』ことに、こだわるのはやめた。ただ、友だちってものを大切にしたいと思う気持ちだけは、新しい時代になっても引き続き大事にしようかなと」

中学生みたいなこと言ってるけど、とぼくは苦笑して、

「とにかく……大晦日、酒飲んで騒ぎたい気分になったら、連絡ちょうだいよ。麻雀できなくてもオッケーだから」

と告げて、そこを去った。新田君は無言で、ぼくを見送った。

【回答の続き】
相手を思いやれば、人間関係は深まり、相手にとって特別な存在にもなれます。つまり、親友はつくるものではなく、相手のそれに自分がなれるかなのです。

二千二十余年続いた西暦、最後の十二月三十一日。四桁で年を表す時代は今日で終わり、いよいよ新しい時代が「1」から始まる。さようなら西暦、こんにちは地球暦元年。

彩花を迎えに行く時間に遅れそうで、慌ててコートを着ていると、携帯端末が鳴った。

「二日酔いと生理痛がひどくて……ごめん、今日は、寝てる」

獣のような声だが、ぼくの恋人らしい。女友だちと昨日から宴会をやってるのはどう

かと思うが、ぼくは提案した。

「ぼくも行くのやめて、差し入れに買ったカニと、ちゃんこ鍋セットを二人で食べようか？　ロマンチックに」

「うげっ……無理……ごめん、一人で行って」

通信は切れた。しかたない、では一人で行くか、とコートのポケットにそれを入れたとたん、また鳴った。彩花かと思って出たら、

「新田です」

その声に、ぼくは笑顔になった。

「あの……今からでも、参加できますか？」

遠慮がちに言う彼に、もちろん！　と返した。木村の家の住所を教えて、待ってるよ、と端末を切った。コートのポケットにそれを戻すと、また鳴った。新田君かと思ったら木村だった。

「昨夜から大変なことになってて。ノロウィルスに、おれも家族も全員やられた……新暦を待たずに絶滅するかも」

冗談が言えるぐらいだから心配はなさそうだったが、さすがにパーティーは中止ということだった。ぼくは新田君を自分のマンションに呼ぶことにして、結果、二人きりで

大晦日を過ごすことになった。

「価値観がどうとか言ってる間に、人類はウィルスで滅びそうだよ。ちゃんこ鍋もあるからね」

大量のカニをつまみにして、新田君にはレモンサワーを作ってあげた。

「どうも」

彼は変わらず愛想がないが、かまわずぼくは続けた。

「来てくれて嬉しいよ」

新田君は何か言いたげに、レモンサワーを飲まずに置いた。

「最初に小野村さんが、親友と一緒に新しい時代を迎えたいんだ、と話してくれたとき……本当は、すごく驚いたんです」

缶ビールを開けようとしていたぼくも、それを置いた。

「実は自分も、どうやったら親友がつくれるだろうか、とずーっと悩んでて……。新聞の『人生相談』に質問したぐらいで」

恥ずかしそうに目を伏せる新田君に、ぼくは返した。

「へー！　君も親友探しをしてたのか」

彼は黙って、レモンサワーを口に持っていった。

「で、その質問に回答は戻ってきた？」

「ええ。親友はつくるものじゃなくて、相手のそれになれるかだ、とありました」

「なるほど。いいこと言うね」

「クリスマスイブに小野村さんがうちに来て……ああ、こういうことか、ってわかった。だからぼくも、今日、あなたに連絡を」

彼はポケットから、資料室の鍵を出して置いた。

「なぜ許してくれたのかは、わからないけど。このチャンスは逃しちゃいけないと思って」

ぼくはうなずいた。

「正直、ぼく自身もわからないんだけどね。空から落ちてきたメッセージを信じるように、君のことも信じたいと思ったんだ」

新田君は顔をあげて、ぼくを見た。

「信じて、正解だったよ」

ぼくは窓の外に目をやった。日が暮れるにつれて、街の灯《あか》りは銀河のようにきらめいて、ますます賑《にぎ》やかになってきた。マンションの最上階であるここまで下界の喧噪《けんそう》が聞こえてくる。窓に寄って、街の明るさを裾にして広がる群青色の空を見上げた。本物の星の光も、そこにあることを確認すると、ぼくは新田君の方に向き直った。

「めでたくぼくらは、親友ってものを得たわけだ。おまけに初めての親友が、宇宙人だっていうのも、ぼくは誇りに思う」

「はっ？」

彼は、ぽかんとしている。そりゃ簡単に「そうです」とは言えないだろうけど。ぼくは、わかってる、という感じでうなずいた。

「君はあのメッセージを送ってきた、地球外生命体の、生き残りなんだろう？」

「え？　なにを、言ってるんですか？」

「親友なんだから、もう隠さなくてもいいよ。そのために君も秘密を守れる親友を、探していたんだね」

「あの、大丈夫ですか？　小野村さん」

ぼくは、自分の胸を叩いた。

「大丈夫！　だからぼくを信じなさいって」

いや……と彼は口を半開きにして、ぼくを見つめていたが、聞いた。

「……まず、どうしてぼくが、地球人じゃないって、思うのかな？」

「どうしてって。君が言ったんじゃない」

ぼくは缶ビールをプシュッと開けた。

「やきとり屋に行った夜。ぼくもそうとう酔ってたけど。君も最後の方はかなり酔ってたよ」

「えっ、そう?」

「隣りの客が大騒ぎしてあまりにうるさいんで、新田君、最後にはキレて『うるせー、このクソ星のクソ生命体が、黙れっ! バカやってっと、おれらみたいになるぞ!』って怒鳴ったじゃん」

「………あ、そう」

新田君は、がっくりと肩を落として、崩れるようにソファーの背にもたれた。レモンサワーのグラスを見て、

「……こんなもんで……記憶がなくなるんだ?」

今さら驚く彼に、ぼくは笑った。

「知らなかった?」

でも、その一言だけで、信じるかなぁ、と新田君はあきらめ悪く首を傾《かし》げている。

「人の言うことを、素直に聞き入れてしまうタイプなんだよね」

ぼくはビールをグラスに注ぎ一口飲んで、想像もできない遠いところからやってきて、

クソ星に流れついた、気の毒な友人を見た。

「でもね、君が話してた『平行宇宙』だけど、あれは、信じない」

「なんで、そこだけ？」

脱力している彼は、不思議そうに聞いた。

「もしかすると新田君は、別の宇宙、すでに地球が滅んでいる平行宇宙から、やって来た人なんじゃないか？　とも最初は思ったんだけど。でも、それは違うなって、思い直した」

ぼくは、未使用の割り箸を取った。二本に割るための溝はあるけど、まだそれは一本だ。それを振《ふ》って、

「交わらないものは、交わらない。ってことは『もしも』はないってことだ」

割らないまま、袋に収めた。

「このぼく以外に、ぼくはいない。宇宙は一つ、と思った方がいい。だから、唯一無二のそれを良くするのも悪くするのも、ぼくだけにかかってる」

新田君は黙って耳を傾けている。

「色々な価値観の宇宙が、別々にあるんじゃなくて。一つの宇宙の中に色々な価値観が……古いのも、新しいのも、ある方がいいと思わない？」

ぼくが問うと、彼はレモンサワーを取って、ぼくに向かってグラスを掲げた。

「君らとぼくらには、大きな違いがある。そこまで楽観主義者なら……君たちは滅びないかもしれない」

ビール、サワー、ウィスキー、日本酒、こだわらず酒を空けて、あと十分ほどで新暦元年という時刻になった頃、ぼくも新田君も、ただ笑ってるだけだった。テレビを点けると、国営テレビのニュース番組が、いよいよ始まるカウントダウンに沸きあがっている各地の状況を中継している。それが終わると、アナウンサーは通常どおり、他のニュースを淡々と読みだした。大きなシステムを抱える企業がぎりぎりまでAT問題の対策に追われていること、各地でノロウィルスが猛威をふるっていること、今日の日付が付いたチケットなどに高額なプレミアがついたこと……そして、明日の天気。これじゃ年が明けても、本当に何も変わらないような気がする。

「おい、親友！」

できあがっている新田君が、唐突に声をあげた。

「親友に、話さなきゃいけないことがある」

なんだい、親友？　と、ぼくもろれつがまわらない口で返した。

「実は」

彼はおぼつかない足で立ちあがった。本当に人間とそっくりなので驚く。もしかしたらぼくが見てるのは「スーツ」ってやつで、中にベタベタした気持ち悪いのとか、やたら小さいのが入ってたりするのかもしれないが。

「いいよ、詳しいことはべつに」

と止めたが、彼は無視して続けた。

「長い旅の末、地球を見つけたとき、あまりにぼくらの星と似てたんで、知らぬ間に宇宙のねじれに入って、平行宇宙に来てしまったんじゃないかと、ぼくらも疑ったぐらいだった」

新田君は、首を横にふった。

「でも今は、君と同意見だよ。宇宙は一つ。たった一つのこの宇宙には、たった一つだけ生命体が未だ暮らせる星がある。使い物にならなくなった星から逃げ出したぼくらは、それを見つけた」

「君の他にも、生き残りがいるの？」

それには答えず、彼は窓に歩み寄って、ガラスの向こうの闇を見つめた。

「悩んだ末に、無難なメッセージを送ってみたら、素直に信じてくれて。悪い生命体じゃなさそうだったよ。ぼくはコンタクトするべきだと思ったが、慎重になる連中もいて。

協議した結果、信頼できる人間をとりあえず一人見つけようということになった。利益を求めず、ぼくらのことを親身になって考えてくれる相手を、探そうと」

「それで『親友』を？」

新田君はうなずいた。

「潜入して、言葉と文化は習得できたけど、それを、『親友』を、ぼくはつくれなかった」

「君の性格じゃ、無理だよ」

「もうちょっと早く、小野村さんに会えてたらね……」

ぼくはテレビの画面をちらりと見た。ニュースは終わり、デジタルの数字だけが現れ、カウントダウンが始まっている。残すところ、四分と四十二秒。

「小野村さんと会ったときには、もうプランは変更されていた」

「プラン？」

「だって、メッセージを信じたわりには危機感を持たないし。やっと動いたと思ったら、暦を変えただけで、意味わからん、と」

新田君は、ため息をついて、

「こんなダメな生命体と一緒に、滅亡への道を再び歩むのは嫌だ、って皆が言い始めてもしかたないだろ？」

　ぼくは自分の表情が硬くなっていくのを感じた。彼は資料室の鍵を指した。

「……人類が何に弱いかを、データベースを使って調べさせてもらった」

「何に弱いか……」

　ハッとして、ぼくは端末を取ると彩花にかけた。先ほどよりも憔悴《しょうすい》した声で彼女が出た。

「……これから、病院に行くとこ。すごく気持ち悪くて、生理痛じゃないみたい……ノロかしら？……」

「いや、違う……もしかしたらそれ」

　ぼくは言ったが、応答せず、切れてしまった。ぼくは驚愕の表情で、無言の新田君を――恐るべき親友を見た。

「……まさか……なにか凶悪な、ウィルスを……！」

　彼は、肯定も否定もせず、戸を開けてベランダに出た。身震いするような冷気が部屋に流れこんだ。ぼくも彼を追って、外に出た。人の叫ぶ声、音楽、クラクションが一つの騒音となって上がってくる。するとそれは、はっきりとした人の声になってきた。

　五十九！　五十八！　五十七！

カウントダウンだ。ついに新しい年、新しい時代が来る。

四十三！　四十二！　四十一！

新田君が空を仰いでいるので、つられて空を見上げたぼくは、

「あっ」

声を漏《も》らした。誰もが時計を見ていて、気づいてない。無数の円盤が、オセロゲームの終わりのように、夜空を覆いつくしている！　それらも、最初に落ちてきたものと同じ、頭をぶつけたら痛そうな墓石の質感だ。冷ややかな光景と空気に、ぼくの声も震える。

「……けっこうな数、残ってるじゃん」

まあね、と新田君は返した。

「本当にゴメン。ぼくは最後まで、やらない方向でがんばってみたんだけど、賛成多数で。それを、世界中に撒《ま》かせてもらった」

とても悲しげな目で彼は告白した。気のせいか、ぼくの下腹にも強烈な差しこみがきた。うずくまりたいが、空に浮かぶものから目が離せない。

十三！　十二！　十一！　十！

「親友になれたのに、残念だよ」

詫《わ》びる新田君に、ぼくは痛む腹をおさえて苦笑した。

「……親友に、裏切られるのは……馴れてるよ」

四！　三！　二！　一！

地球暦元年！　ウワーッ、ウォーッ！　と歓声が響いてくるが、襲われた痛みに苦しむ、うめき声のようにもそれは聞こえる。

「あ、でも」

新田君は、ぼくに微笑むと、上空の円盤を指した。

「殺人ウィルス……って言って渡したけど、ただのノロウィルスだから。じき治るよ」

たえられなくて、ついにぼくはしゃがみこんだ。

「……いざっていうときに、助けてくれるのも、親友だって……知ってたよ」


【回答の続き】

ようするに「親友」とは、いるようで、いないようで、いるような……宇宙人みたいなもの。信じる者だけに、いるものかもしれません。

初夜——ファーストコンタクト

ヒロトは木製のブラインドが気に入り、ミワは白のスクリーンカーテンが居間に合うと思い、売場で好みは分かれたが、夫は妻の方がセンスがよいからとすぐに譲り、そうなるとミワもブラインドにしてあげたいような気持ちになってきて、決められない二人は沈黙していたが、赤札が付いているイタリア製のカーテンがふと目に入り、「これよくない？」「素敵じゃない？」と同時に言って、即決でレジに持っていった――その粋な縞柄のカーテンの隙間《すきま》から、ミワは窓の外を見た。家々を区切っている庭や道は、郊外の特権でゆとりがあり、住宅地にしっとりと降りている夜空は充分に広い。けれど今夜は雲が多く、宇宙《そら》を見上げても手前で阻まれてしまう。あきらめて彼女はカーテンを閉めた。ふりかえる居間には、それぞれが独居から新居に運びこんだ、開けてもいないダンボール箱がまだいくつか積んである。夫が出張に出た日からそれを片付ける気はさらさらないので、ミワは横を素通りしてキッチンに向かった。

初めての留守番の夜。さて、何にしよう？

自分が微笑んでいるのがわかる。昨夜は、夫が宇宙に飛ぶ日の前夜であるから、けっこうな品数の料理を作った。ローストチキンもサラダも残っているから、それをたっぷりはさんだサンドイッチにしようか？　コーヒーとサンドイッチを膝にのせて、居間のソファーでムービーを観ながら食べると思うと、考えているうちから楽しみだった。ミワは昨夜の料理をフリッジから出して、鼻歌まじりにパンをスライスしたが、

「……これでいいや」

呟くと、残り物とパンを無造作に盛っただけの皿を持って居間に戻った。ソファーの上にあぐらをかいて、天井のマイクに「ムービーチャンネル」と指示すれば、何もない壁が左右に開き、モニタが現れる。目まぐるしい予告編映像とともに、おすすめ最新作のリストが流れたが、ミワはいつものように古い作品のタイトルをマイクに告げて、すぐにそれが始まった。次のセリフも先に言えてしまうそれを観ながら、パンにチキンを盛り、かぶりついて、マグカップの熱いコーヒーをすする。ミワは肩から脱力するように、はぁー、と息をついた。

「やれやれ」

ようやく、普段の生活に戻った気分だった。この数ヶ月は、式の準備やら、引っ越しやら、もちろん本番の挙式に披露パーティー、しめに新婚旅行と、目まぐるしい日々だった。独身が長かった二人なので、歳相応に全ては控え目にしたけれども、それでもイ

ベントというものは非日常だから疲れる。三十代後半の女であっても、人生に一度（たぶん）のことだから、嫌でもハイテンションにならざるをえない。高揚感はなんだかんだ新婚旅行から帰ってきても続いていたが、今週から二人とも仕事に戻り、パイロットの夫もシフトを入れて、宇宙ステーションへと出発した。それとともにミワのテンションも下がり、いつもの自分に戻ったのを独身時代と同じ夕飯を食べながら感じて、ホッとしているところだ。もっと若ければ、式を派手にやっても、テンションが上がりっぱなしでも疲れないいんだろうなぁ、と思いながら、温めるのを忘れたラザニアの残りを口に運んだとき、左手首に付けているブレスレット型の通信機カフが小さく振れた。透明なリングに「ヒロト」の文字が浮かび出ている。ムービーが流れているモニタ上にも夫の名前が表示され、ミワは慌てて夕飯の皿をソファーの後ろに隠して、天井のマイクに、

「つないで」

指示した。黎明期《れいめいき》の大袈裟《おおげさ》すぎる白い宇宙服を着た主人公の映像は一時停止して、画面はライトグレーのタイトな制服を着た夫に変わった。

「家だね？　夕飯はまだ？」

「もう終わって、ムービーを観てたところ。あなたも休憩時間？」

ミワはモニタに向かって笑顔で返した。

「こっちは久しぶりに、ぬるい船内食だよ」

ため息をつく夫に、ミワは同情する顔で応えたが、どっと笑うティーンエイジャーの声が聞こえて、彼女は目を大きくした。

「ずいぶん若いお客さんが乗ってるのね？」

「修学旅行の高校生を乗せてるんだ。ぼくも驚いてるんだけど、火星や衛星の土地を買いまくってる金持ち連中の子供だろうね」

ヒロトは声をひそめて言ったが、ミワは遠慮なく声を大きくした。

「修学旅行？　私だってまだ地球から出たことないのに！」

「これからは、家族割引でチケットが買えるよ」

「でも一般人は、行けてもステーションホテルまででしょ？」

他の惑星や衛星に移住する時代を目前に迎え、重要な足がかりの場所として軌道上や宇宙空間に建設され続けている宇宙ステーションは、年々その数が増えている。移住に向けての準備が日々そこで行われているが、民間企業が運営するホテルも入っていたり、一般人も宇宙旅行を楽しめる時代だ。

「だったらヨーロッパに行く方がいいわ」

「ぼくも地球の方がいいよ。久しぶりに飛んだら、妙な感じで――」

語尾は、また大きな笑い声にかき消されて、ヒロトは苦笑した。

「これから連中が、コックピットを見学に来るんだ」

「憧《あこが》れの職業だから」

人や物資を地球外に運ぶ船の運航も必然的に増えて、宇宙輸送船のパイロットも、幸運な人間だけができるような特殊な職業ではなくなった。なれる可能性が増えたぶん、若者には普通に人気で、スポーツ選手、投資家を抜いて最近は、なりたい職業一位となっている。勤務が終わったらまた連絡する、とヒロトは言った。

「深夜になっちゃうと思うけど」

「何時でも大丈夫。待ってる」

ミワは微笑んで返して、ヒロトも笑顔でうなずき、通信は切れた。モニタの画像は映画に戻って、ミワは隠した夕飯の皿を取りあげて、船内食よりも冷たいと思われるそれをまた口に運んだ。近頃の船内食は下手《へた》なレストランより美味しいと聞くし、あのように言ってはいるけれど、若い頃から親しんでいるその食生活に今さら彼が本気で不満を持つとも思えない。気をつかって新妻の手料理一つ一つにコメントしなくてもいいし、むしろ彼も同様に、いつもの食事にホッとしているんじゃないだろうか。などと思いながらミワは空になった皿をキッチンに下げに行った。フリッジのタッチパネルに触れると買物リストが現れて、もう一度触れるとカレンダーに変わった。ヒロトが宇宙にいる日には星マークが、地球にいる日にはハートマークが付いている。独身時代も同じように印を付けていた。ヒロトが宇宙から帰ってくるのを待って、デートをしたり、互いの家に泊まって食事を作ったりして一緒に過ごす。彼が旅立てば、また独りでムービーを観ながら食事をする。今夜のように。……結婚する前と後で、いったい何が変わったのだろう？　イベントがあったというだけで、基本的なところは何も変わっていないような気がする。ミワは新品のディッシュウォッシャーの扉を開けたが、ためらって、皿一枚とマグカップ一個をシンクで洗った。洗い上げた二つの陶器を見つめていた彼女は独り言《ご》ちた。

「1＋1＝2、ではなくて、1＋1＝1と1、なのでは？」

　結婚当初から、こんなことを呟いていると知ったら、祝ってくれた親も友人も、心配するに違いない。これまでハイテンションだったぶん反動で、今夜からやけに冷静になってしまっているのだろうか？　自己分析しつつ居間に戻り、新しいカーテンをまた開けた。夜空を不透明にしている雲は、未だにどかない。星マークが付いてる日にヒロトを想って宇宙を見上げる習慣も、結婚すればなくなるのではと、どこかで期待していた。

「まだ結婚して、最初の留守の夜じゃない」

ミワは自分を励ますように言った。これから少しずつ何かが変わっていくに違いない。目線を下げて、窓の灯りまで作り物のように見える静かすぎる住宅街を見やった。そのままの関係でも不満はなかったが、何かを変えたくて二人は結婚した。ヒロトの勤務地、輸送船が発着するスペースポートに近いこの地に新居をかまえよう、と言ったのはミワだ。そのために彼女は転属願いを出して、十年以上も勤めた保険会社の本店から子会社の支店に移った。二人で知らない街に来て、そこで新たに生活を始めるのだから、何かがきっと変わるはず。もちろん良い方向に……。

「ん？」

通りに黒い人影を見て、ミワはさらに目線を下げた。前の道を真っ直ぐこちらに向かってやってくる人は、街灯の下に来て五十半ばぐらいの女性であるとわかった。まさかと思ったが、ミワの家のアプローチのところまで来て、女は足を止めた。髪をクラシックに結い上げて、ピッタリとしたニットのツーピースを着ている彼女は、確認するように表札を見ていたが、カーテンの隙間から見ているミワに気づき、ニコリと笑った。そして、手に持っている紙袋を差し出して見せる。ミワは小さく会釈を返して、玄関へと向かった。

「こんな時間にごめんなさいね。日中はいらっしゃらないようだから」

ミワがドアを開けると、玄関口で待っていた彼女は堰《せき》を切ったようにまくしたて、向かい側の五軒先に住んでいる者だと、そちらを指した。どこか現実離れしたこの住宅街がよく似合うマダムは続けた。

「お口に合うかわからないけれど。よろしかったら召し上がって」

ミワはあっけにとられながら、重い包みを受け取った。

「うちの主人は毎朝欠かさずリンゴを食べるんだけど、このニュートンっていう品種がお気に入りで。お宅のご主人も新鮮なものに飢えてらっしゃるでしょ？」

ミワがギョッとして相手の顔を見ると、慌ててマダムは返した。

「ここに住んでいる人の半分は、パイロットやスペースポートで働く人たちだから。新しく来た方が誰か、なんとなく伝わってしまうの」

知らない町に来たつもりでいたが、向こうはこっちのことをよく知っているようだ。ヒロトもぼんやりしてる方だから、自分たちが噂になっていることにも気づいていないに違いない。ミワは面食らったが、新たな生活をここで始めるのだと決意したことを思い出し、笑顔で返した。

「私たちこそ、まだご近所にご挨拶《あいさつ》にまわってなくて」

いいのよ、そんなことしなくても、と言いながら、マダムは名刺を差し出した。『パイロットの妻（ｏｒ夫）の会』と銀色で印字された下に『会長トキコ・クボタ』とある。

「そういう環境なので、こんな会もあるんだけれど。もしヒロト・イノウエさんの奥様も、ご興味があればと思って……」

ミワは名刺とトキコを交互に見て、この会に入る気がないとしても今ここで彼女を追い返すのは得策ではない、と判断した。

「イノウエの妻のミワと申します。よろしかったら、どうぞ。まだ片付いてなくてひどいありさまですけれど」

中へとすすめると、トキコは遠慮しつつも、じゃ、ちょっとだけお邪魔します、と居間に入ってきた。

「素敵なカーテンがかかってるのを外から見てね、中も素敵だろうなぁ、って思ってたの。ほら、そのとおり！」

無邪気なトキコの言葉から、お世辞でないのが伝わり、ミワも彼女に対する警戒心が少し薄れてきた。

「ご主人は、今、フライト中？」

「ええ。今朝、出発しました」

近所づきあいも最初が肝心と、キッチンでミワはコーヒーか紅茶かで悩み、ハーブティーに決めるとドリンクディスペンサーに客用のカップを入れて、それを注ぎながら言った。

「荒れてますが、おかけください」

トキコはソファーに座り、モニタに目をやった。

「あら、ずいぶん古いものを観るのね」

それが流れっぱなしだったことに気づき、ミワは慌ててマイクに「停止」と言って止めた。

「私も好きよ、このムービー。何度か観たわ」

トキコはハーブティーを受け取りながら微笑んだ。

「夫がいるときは、バカにされそうで観られないので」

ミワは自分も腰掛けて、一時停止している画面をチラッと見た。笑ってしまうほど粗雑な作りの有人ロケット。それに乗りこんだ三人の乗員たちが、狭い船内で身を寄せあうようにして任務を遂行している。二十世紀末に撮られた作品だが、それより更に昔、初めて人類が月に降りた頃の実話をムービーにしたものだ。トキコはうなずいた。

「確かに、名作ってほどじゃないけれど。途中事故を起こして月に行けなかった船の話だったわね」

「ええ、奇跡的に生還した。こんなおもちゃみたいなもので月に行ってたことが驚きですけど。それが宇宙空間で壊れて、戻ってきたなんて信じられない」

百年以上前の話とはいえ、観るたびに、作り話なんじゃないの？　とミワは疑いたくなるが、データベースを見れば、不吉な数字「13」を付けた（それも出来すぎに思えるが）その宇宙船の名前と乗員の名前がちゃんと記載されている。

「いい香り……」

トキコはハーブティーを一口飲んでから、ミワを見た。

「願掛けに、見てるのね？」

ミワは驚いて相手を見た。トキコはうなずく。

「夫が無事に宇宙から帰ってくるように、パイロットの妻はみんな、何らか似たようなことをしているわ」

言葉がなく、ミワはうなずいて返した。

「全てがオートマティックになって、まれになった自動車事故の件数より、宇宙船の事故の数は少ないんだから、心配することはないんだけれど」

トキコは窓のカーテンの向こうを見るように、視線を投げた。

「やはり、遠すぎるのかしらね……」

ため息をつくトキコの横顔をミワは見つめて、彼女の夫もフライト中なのだろうと確信した。

「トキコさんの願掛けは？」

「そうね。夫からもらったものを身につけるとか？」

彼女は、輝く透明の石が小刻みに揺れるイヤリングを指した。素敵ですね、とミワは微笑んで返した。

「彼は、あまりそういうプレゼントをしてくれないんです」

「うちもめったにくれないわよ。だからこればっかりつけてる。パイロットになる男って、そんなよ。前方ばかり見てて、ちっともこっちを見てくれない」

ミワは思わず笑ってしまい、トキコも満足げに、このタイミングだという感じで座りなおした。

「女性パイロットも普通にいる時代に『妻の会』なんて古臭く聞こえると思うけど。こういう風に楽しくおしゃべりするだけの会だから、気軽に入ってもらえたらと思うの。夫の留守が長いと独りで引きこもって鬱《うつ》になってしまう奥様とかもいるでしょ。共感できる者どうし悩みもシェアできるし」

ミワは笑顔を保ったまま聞いていた。そう言われても、『妻の会』の名から保守的な印象はぬぐえないが……まあ、入ってみて面倒だったら、仕事が忙しいと言ってフェイドアウトすればいい。トキコも思ったよりは気さくな感じだから、新生活のためにも仲良くしておいて損はなさそうだ。素早く見積もって、ミワは口をひらいた。

「ぜひ。私もこちらにはお友だちが一人もいないので」

「ま。即決してくれたのは、あなたが初めてよ！」

トキコは演技ではなく、驚いていた。

「仕事があるので、参加できないときもあると思いますが」

ミワが断りを入れると、いいのよ、好きなときだけ参加してくれれば！　とトキコは言いながら、自分の左手首のカフを振って点滅させて、

「会の規約やスケジュールを後で送るから、アドレスいただいていい？」

ミワはうなずいて、自分のカフを振ってアクセスした。

「……それで」

データを交換すると、トキコは急に改まった顔になった。

「入会を希望される方には、参考までにいくつか質問をさせていただくんだけれど。少しプライベートなことを聞いてもかまわないかしら？」

ミワは一瞬黙ったが、いいですよ、と返した。トキコは笑顔に戻って、

「まず、最初の質問ね」

インタビューをするように問いかけた。

「ご結婚なさって、どのぐらい？」

「一ヶ月です」

「新婚さんでらしたわね。おつきあいしていた年数は？」

「かれこれ……四年になります」

「なら、ご主人の職業に関しては、よくご存知ね。パイロットにとって一番大切なことは、何だと思われる？」

「やはり、健康でしょうか」

トキコは大きくうなずいて、質問を続けた。

「じゃあ、パイロットの妻に求められることはなんだと思う？」

ミワは少し間を置いてから答えた。

「乗客の命を預かる仕事なので。その責任を自分も少なからず感じて、普段から彼の健康やメンタルに注意をはらってサポートしていくことだと思いますが」

トキコは両手を合わせて、音をたてずに拍手した。

「素晴らしい。完璧だわ」

　パイロットがなりたい職業の一位である理由には、もちろん高収入で、引退後の生活も保障されていることが含まれている。そうなると、結婚相手を探している女たちも放ってはおかない。パイロットが参加するパーティーは、常に独身女性で賑わい、ミワも一部の友人からは「成功者」扱いされている。人が宇宙を行き来するような時代になっても、トキコのように、夫の職業や肩書きが自分の誇りや自信になる女は絶滅しないようだ。よって、彼女たちは妻としての自分の役割や必要性をやたら主張したがるわけだが……。トキコが喜ぶことを見越して答えたミワは、聞こえないようため息をもらした。

「では、次の質問ね。パイロットの妻でよかった、と思うことはあるかしら？」

　トキコは上機嫌で続けて訊《き》いてきた。

「そうですね……彼がパイロットでなければ、二人でいる時間をこんなに貴重に感じることもなかっただろうし、大切にすることもできなかったと思うので」

「そう思えることが、よかったと？」

「ええ」

「素敵な回答だわ」

　今度は胸に手をやって、トキコは感動を表した。

「では逆に、よくなかったことは？　パイロットの妻になって後悔したことや、困ることはある？」

「困ること……。完璧な回答をしなきゃいけないことでしょうか」

ミワの返しに、トキコは笑った。

「賢い方ね。立ち入った質問ばかりで不快に思われるかもしれないけど」

トキコは真顔になって、一時停止しているモニタ画面を見た。

「この時代からすでに問題になってたことで。今も、宇宙船のパイロットは一番離婚率が高い職業なの」

この頃から？　驚いてミワはモニタに目をやった。船の故障が深刻であることを知らされたパイロットの家族の表情で、ムービーはちょうど停まっている。

「新婚の方に聞くのもなんだけれど、彼との関係で不安を抱かれることはある？」

ミワは速やかに返した。

「ありません」

そう、とトキコは微笑んでうなずいた。

「お幸せそうね。では、最後の質問」

トキコはカーテンが閉まっている窓を指した。

「ご主人が留守のとき、宇宙を見上げることはあるかしら？」

「……ええ、毎日」

「私もそうよ。彼と一緒にいるように思えるから」

トキコは微笑むと、ミワさん、と右手を差しだした。

「『パイロットの妻の会』へ、ようこそ！　会を代表して心から歓迎します」

なるほど、妻の会にふさわしい人間か、ジャッジするための一連の質問だったのか。

気づいたミワは、ひきつる顔でトキコの手をとって、

「ありがとうございます」

努めて穏やかに対応した。とにかく早いところ終わらせて、この女を家から追い出したかった。

「ミワさんの歓迎会をやりましょうね。いつ頃がいいかしら？」

「まだ家も片付いてないので。落ち着きましたら連絡します」

ミワは早口で言って、ようやく腰をあげたトキコを、玄関へと送り出した。

「どうも、お邪魔いたしました」

首を傾げるようにトキコは会釈して、背を向けるとアプローチを出ていった。そして予想どおり、道に出たところでこちらをふりかえって微笑んで、ミワも会釈を返して見送ってから、玄関の扉を閉めて、鍵もかけた。

ダンボールの箱が点在する居間に戻ると、しんと静寂がミワを襲った。

「えーと、夕飯って食べたっけ？」

静けさを破るようにミワは声を出して、キッチンへ行くと、すでに乾いている皿とマグカップを見つけた。マグカップに新たにコーヒーを注いで、けれどそれを飲む気にもならず、居間に戻ってきたミワは倒れるようにソファーに横になった。

「完璧か……」

と、停止したままの画面をまた見る。トキコが当てたように、縁起かつぎにこの作品を観るのが、いつしか習慣になった。彼が無事に帰ってくるようにと。けれど、近頃は……別の意味で、このムービーを観ている。トキコが言うように、以前は宇宙を見上げると、ヒロトと一緒にいるように思えた。でも、近頃は……別の意味で、それを見上げている。トキコに返したように、彼と過ごす時間を大切にしていたのも本当だ。でも近頃は……気づくと一人でいる時間の方を大切にしている自分がいる。以前は、彼の不在があまりに寂しくて、いつも側にいてくれる男に乗り換えようかと考えたこともある。でも近頃は、それすらも思わない。そんな自分が逆に不安で、結婚でもすれば何かが変わるかもしれない、と思ったが……。

「……変わらない、か。結局」

トキコという変な女の訪問で、それが明確になってしまった。ミワは、飾り棚に投影されている二人の立体フォトを見上げた。ヒロトは渋い銀のスーツ、ミワはタイトでシンプルな純白のウェディングドレス。幸せそうに微笑んでいるが、ぴったりと身を寄せあっている感じではなく、二人の間には微妙な空間がある。それに二人とも気づいていないことが問題だ。ミワは起きあがって、飾り棚に向きあった。光源に手をかざして、写真の自分の部分だけを消してみる。ヒロトだけがそこに残る。

……この男は、誰？

デジャヴュとは逆の、ジャメヴュに襲われる。長年使っているコーヒーカップが突然、こんな形だったっけ？　と初めて見るもののように感じてしまう「未視感」。四年以上もつきあってきて、誰よりも親密な関係で、今朝もここから送り出したのに、さっき通信で話したのに、この人は誰だろう？　と、突如知らない人間のように思えてくる。

「だから……」

ミワは踵《きびす》をかえして居間を横切ると、カーテンが掛かっている窓へと行った。払うようにカーテンを開けて、再び夜空を仰ぐ。

「どんな男か、思い出すために、毎晩宇宙を見上げるの！」

ミワは宇宙に向かって言い放った。そしてモニタを指してさらに訴えた。

「帰ってくるか心配だったあの頃の気持ちを忘れないように、ムービーも観てるの！」

そうでもして食い止めなければ、「この男は、誰？」という感覚が日増しに強くなってしまう。

「ここは、どこ？　なんで私はこんなところにいるの？」

ミワの目の前に広がっているのは、明らかに知らない街だ。結婚すれば、引っ越せばと期待したけれど、横に夫がいなければ意味がない。独りでいるとき、ここはいつまでも「知らない街」だ。

「この結婚は、なに？」

何も変わらない……と繰り返して、ミワは窓辺に座りこんだ。彼のことをもう愛していないわけではない。ただ、あまりに距離がありすぎる。一緒にいる時間がなさすぎる。そんな環境で愛を維持するにはエネルギーがいる。ぐったりとミワは窓枠にもたれた。

今日のように星が見えなければ、なおさら宇宙にいる彼をイメージするのは難しい。古代から日本に伝わる、星を擬人化した説話を、彼女は思い出した。ミルキーウェイをはさんで位置している二つの星、アルタイルとベガ。それを「牽牛《けんぎゅう》」と「織姫《おりひめ》」と呼び、夫婦に見立てているところがファンタジックだが、わけあって二人は一年に一度、七月七日の日だけしか会うことができない。ちなみに、二つの星が実際に宇宙空間でどれくらい離れているかというと、およそ十六光年。まあ、それに比べたらヒロトとミワは近くにいる方だろう。しかしファンタジーから覚めて考えたとき、一年に一日しか会えない夫婦なんて、成立するのだろうか、本当に愛しあえるのか、と疑問符がつく。トキコのように、パイロットという夫の肩書きが自分のアイデンティティーになったり、依存度の強い者どうしならば、一日しか会えなくとも、相手にしがみつくかもしれない。けれどミワは、そのどちらでもない。牽牛と織姫、どちらにとっても、独りでいる三六四日の方が本当は大切であるはずだ。それは当然のことではないだろうか。

「その一日のために、引っ越したのは、間違いだった？」

そして結婚したのも……？　ミワは首を横にふった。彼を嫌いなわけではないから、別れたいわけではない。ただ、結婚というものでは何の解決にもならなかった。問題は、どうやっても縮めることはできない「距離」と、どうやっても延ばすことはできない限られた「時間」。そのような絶対的なものに勝てる愛なんて、あるのだろうか？

「……すべて終了」

窓辺から立ちあがったミワがマイクに言うと、静止していたムービーの画面は、宇宙のような黒一色に変わり、モニタは速やかにひっこんで、何もない白い壁に戻った。ミワがぼんやりとその壁を見つめていると、手首のカフが振れた。……『ヒロト』だ。ミワは浮かびあがる夫の名前にすら未視感をおぼえて、じっとそれを見ていたが、応答した。

「お疲れさま。もう仕事終わったの？」

うん、と返す夫の声が少し遅れて届くことで、乗る船がかなり地球から遠ざかったことがわかる。

「いや、実は……同僚に少し休んだ方がいいって言われて。早めに上がらせてもらった」

ミワは驚いて視線をあげた。

「えっ、大丈夫？　待って、モニタにつなぐ――」

「いいんだ、このままで」

その声に、彼女はよけいに不安になった。

「本当に大丈夫なの？」

「大丈夫。つまり、それが問題なんだ」

距離のせいとは思えない、長い間があった。

「ぼくがこれから言うことを、驚かないで聞いてもらえるかな。君なら理解してくれると思うんだけれど」

「いったい、どうしたの？」

彼の言うとおりにして、ミワはカフから響く音声だけで夫と会話を続けた。

「結婚して、初めてのフライトだろ。だから、いろいろと思うところがあって乗りこんだんだ。同僚に冷やかされるのを承知で、君の立体フォトを仮眠室に置いたり」

「やめてよ、恥ずかしい。っていうか、どの写真？」

ミワは笑って返した。

「安心して、かわいいって評判だよ」

それで、とヒロトは言って、また少し黙った。

「……さっきも、乗組員の一人に言われたんだ。『一日でも早く会いたいでしょう、奥さんに』って」

「今朝、家を出たばかりじゃない」

「ぼくも、同じことを言った。……で、思ったんだ。君がいないことに耐えられなくなるのは、はたして何日目だろう、って」

「………」

ミワは言葉を失った。その沈黙の意味を、相手が誤解するに違いないと思いながら。

「ごめん。こんな酷《ひど》いことを言って」

やはり彼は謝ってきた。違うの、とミワは返して、

「あなたの言いたいことは、なんとなくわかる。だから続けて」

相手をうながした。

「……カレンダーを見つめても、わからなかった。ぼくが暗い顔で黙りこんでしまったもんだから、みんなが驚いて、少し休め、って言われたんだよ」

「よっぽど私に会いたいんだと、思われたでしょうね」

微かに泣き笑うような声が聞こえた。

「ねえ、ミワ。ぼくは、人を愛せない人間なんだろうか？　君と結婚したのに」

彼は誠実に語ってくる。

「愛してるんだよ。君しかいない。そう思うけど……君を、必要としてない」

ミワはため息をついた。夫は妻に告白した。

「君から遠く離れたところにいるのに、大丈夫なんだ」

モニタにつないで、とミワはマイクにささやいた。壁からモニタが現れ、目頭に手をやっているヒロトが映った。

「不思議ね。こちらでも、まったく同じことが起きてたの」

ミワが画面の夫を見つめて言うと、彼は顔をあげた。

「『パイロットの妻の会』だとか言って、近所のおせっかいマダムが訪ねて来て。いろいろ訊かれて、嘘ついて返してるうちに、この結婚に意味があったのかって、私も考えてしまったの」

今度はヒロトが言葉を返せないようだった。

「そう。私も、大丈夫なの。あなたがいなくても」

「そっか……」

彼は真似るようにため息をついた。ミワは首を横にふった。

「あなたに問題があるわけじゃない。私にも。『距離』と『時間』という、物理的にどうすることもできない障害に、気持ちだけで勝つのは難しいんだと思う」

「遠距離恋愛でも、うまくやっているカップルはいるよ」

「地球の上ならまだしも、遠すぎるのよ。おせっかいマダムが言ってた。人間が月に一歩踏み出したときから、宇宙飛行士の離婚率は高かったって」

ヒロトは横を向いた。彼の視線の先には、窓があるのかもしれない。何もない空間を望む窓が、とミワは想像した。

「……ってことは、愛ってやつも、目には見えないけど物質なのかもしれないな。『愛』が届く範囲というのは、物理的に決まっていて、限界があるのかもしれない」

「こうやって顔を見てしゃべれても、体が距離を感じてるのね……」

ミワとヒロトは黙った。無言のまま、夜が明けてしまいそうだったが、ヒロトが先に口を開いた。

「船を降りるよ、ぼくは。この仕事を辞める」

目を大きくして、ミワは夫を見た。

「距離と時間の障害をなくすには、それしか解決方法はない。君だって二人のことを考えて、職場を変えてくれたじゃないか」

「必要としていない女のために、パイロットを辞めるの？　その仕事があなたのすべてなのに？　仕事だけの人生で、趣味すら持ってないのに？」

視線を下げるヒロトに、ミワは優しく言った。

「カーテンのように譲ってはいけないわ。それだけは」

二人は再び、沈黙の泉に沈んだ。

「愛しあっていないのに――」

今度は、ミワが静寂を破った。

「ごまかして暮らしてるカップルなんて、地球上にごまんといる。でも、私たちは、相手を必要としてない自分を認めて、傷ついてる。この先も、ずっと罪悪感を持ち続けるのなら……」

ヒロトは顔をあげて、うなずいた。

「ぼくが帰ったら、今後のことを考えよう」

ミワは苦笑した。

「結婚したばかりなのにね」

「そのための結婚だったんだよ」

ヒロトの言葉にうなずいて、ミワは静かに相手に告げた。

「おやすみなさい」

「おやすみ」

通信は切れた。ソファーに崩れてミワは、泣けたならば気持ちがよいだろうと思ったが、涙は出なかった。悲しいけれど、しかたがないことだし、相手にも自分にも怒りようがない。まったく、新婚なのに、夫がいない初めての夜なのに、こんな展開ってあるかしら？　と、他人事《ひとごと》のように淡々と思うしかなかった。自分と同じように冷めているコーヒーを温めなおして飲もう、と立ちあがったそのとき、床で何かがきらりと光った。

「あ、おせっかいマダムの」

イヤリングの片方だ。金具の先で偽りのない光を放っている石は、安くない物であるとミワにもわかった。夫からもらった数少ないプレゼントだというトキコの言葉を信じるなら、探しているといけない。とりあえずメッセージを入れておこうと、手首のカフを見たが、明日また家に来られてもたまらないな、と思いなおして、ミワは上に羽織るものを取りに居間を出た。

トキコが言っていた「向かい側の五軒先」へと、ミワは足早に夜の住宅街を歩いた。あのマダム風の服や物腰に似合う、高級車が並ぶガレージとプールのある大きな庭を構えた豪邸が見えてくるのでは……と進んだが、そこにあったのは……平屋の、両脇の家と比べてもだいぶ小さな家だった。ミワはふりむいて軒数を数えなおして、表札も確認したが、『クボタ』と確かにトキコの名字がある。ささやかな庭には、鉢植えとバケツが並んでいるだけで、その横でガーデンテーブルも傾いていて、祖父母の家をミワは思い起こした。窓には灯りもなく、どうしようかとミワは家の前で佇《たたず》んでいたが、セキュリティーが作動してもいけないと引き返そうとしたとき、

「あら、ミワさん！」

真っ暗な窓の一つからトキコが白い顔を突き出した。

「びっくりした！」

ミワは幽霊を見たように驚いて返した。

「びっくりしたのはこっちよ。なにしてるの？」

「イヤリングを、落とされたので」

トキコは自分の耳に手をやった。

「まあ、気づかなかったわ！」

ちょっと待って、とトキコはひっこんで、家の窓に灯りが点《とも》り、玄関から彼女は出てきた。

「わざわざ、どうもありがとう」

「いえ、遅くにすみません。大切なイヤリングだから早い方がいいかと思って」

「灯りを消していたのは、夜空を見てたからなの。今日はあなたと話してちょっと興奮しちゃったから、眠れそうにないわ」

ミワが差し出すイヤリングを包んだものを受け取らずに、トキコは言った。

「せっかくだから、ちょっと入っていって」

「いえ、もう遅いので……」

そう言いつつ、トキコの家が想像していたものと違ったところから、少なからず好奇心を持ってしまったミワは、彼女の後について家の中に入った。

「あなたのお家は素敵だから、恥ずかしいけど」

居間に通されると、そこは庭と同様に、どこか懐かしい時が止まったような空間だった。部屋を飾っている抽象絵画、造花、ミニチュアの宇宙船、月うさぎのぬいぐるみ、全てがうっすらと陽に焼けていて、火星の石も頭にホコリをかぶっている。小さなソファーには少女趣味なクッションが積まれ、ロッキングチェアーにも花柄の膝掛け。そして、カウンター越しにキッチンを見やったミワは、とたん親しみと懐かしさをおぼえた。多くはない調理器具や食器が使いやすいように配置され、コンパクトにまとまっている。つい先日までミワが暮らしていたアパートのキッチンとよく似ている。

「どうぞ、お掛けになって」

トキコはソファーのクッションを整えて、すすめた。

「とても可愛らしいお部屋ですね」

「片付けられない女だから、物は増やさないようにしてるんだけど」

腰を下ろして、部屋を眺めているミワに、

「写真も、置かないの」

トキコは言った。それを探していることをなぜわかったのだろう？　とミワが相手を見ると、ふふっ、と彼女は笑った。

「あまり、意味がないもの」

ミワは未視感をおぼえるヒロトの立体フォトを思い出していた。

「……そうですね」

「主人なら、いつか紹介できるときがあると思うから」

ミワは、もはやマダムとは呼べないトキコをじっと見つめた。置いてある食器が少なすぎる。男性を感じる物も、まったく見当たらない。隣りの寝室に行けばダブルベッドがあるかもしれないが、あったとしても半分しか使われていないような気がする。さすがにパートナーの気配がなさすぎる。この家は……独身女の家だ。

「なにか、温かいものでも淹《い》れましょうね」

「トキコさんは……お独りで、暮らしてらっしゃるんですか？」

思いきって訊ねたミワに、

「ええ、そうよ」

トキコは無表情で認めた。そしてキッチンに入っていった。こちらに背を向けている彼女の表情はわからず、ドリンクディスペンサーで飲み物を淹れているようだった。

「甘いのは好きかしら？」

違う形のマグカップ二つにホットチョコレートを満たし、彼女は笑顔で戻ってきて、ミワは、ええ、とそれを受け取った。

「ブラックコーヒーが宇宙空間みたい、と言う人がいるけど、私は不透明なホットチョコレートの方が、それをイメージできるの。宇宙ってそんなにスッキリしたものではないと思うのよ」

トキコは白みをおびた暗褐色の液体を見つめて言う。

「あなたたちのように、この街に引っ越してきたのは……三十年以上前になるわね。夫のケンもまだ二十代で、副操縦士になったばかりで」

でも今は独りということは、離婚したか、死別したかということだろう。先んじて思うミワに、彼女は教えた。

「ステーションの建設ラッシュに合わせて路線が急激に増えた時代で、船の数も間に合わなくて、整備もおろそかになってたのよね、きっと……。いつものようにケンは地球を発《た》って……。あのムービーの乗員みたいに戻ってはこなかった」

「そんな……」

以来、彼女は独身ということだ。言葉を探すミワを制するようにトキコは手をあげた。

「いいの。慰めはいらないわ」

それより、と彼女は続けた。

「パイロットの妻なのに、遺族ならなおさら保険金が出るはずなのに、なぜ、こんな小さな家で暮らしてるんだろう？　って思ってるでしょ」

「いえ、そんな」

「当時、夫とは婚約中で、まだ結婚してなかったの」

ミワは驚いて、トキコの顔を見た。

「まだ『パイロットの妻』になってなかった、というわけ」

いたずらっ子のように彼女は口角をあげた。

「そういうことなの」

「それじゃ……」

トキコは首を横にふった。

「それでも私はケンの、パイロットの妻なの。嘘ではないわ。なぜなら」

彼女は秘密を打ち明けるかのようにささやいた。

「ケンと、式を挙げることができたの。彼が亡くなった後でね」

ミワはぽかんと口を開けていたが、何も返せず、目のやりばにも困って、ホットチョコレートをすすった。

「信じてないわね。でも、完璧なあなたなら、いつかわかってくれるわ」

「完璧なんかじゃ」

「そうね。確かに、完璧じゃないわ」

ミワは、またギョッとした。

「観察力はあるけれど、大事なものが見えてないかも。あなたに必要なのは、それね」

トキコは立ちあがると、窓へ歩み寄った。そして顔を出して宇宙を仰いだ。

「あなたに、もう一つ質問をしてもいいかしら？　あなたのご主人が宇宙に行くのは、なぜだと思う？」

「なぜ？」

「彼らパイロットは、どうして宇宙に魅《み》せられているか？　彼らは何をしに行ってると思う？」

それは……とミワは返しながら、そんなシンプルな質問に答えられない自分に気づいた。雲を透かして何かを見ているかのように、トキコは目を輝かせている。

「ミワさん、あなたは宇宙の何を知ってるの？　私たちはそれについて何も知らない。そこは未知の世界よ。限りのない素晴らしい世界。だから夫たちはそこへ行くの……」

天を仰いだまま、トキコはそれきり黙り彫像のようになっているので、ミワは立ちあがって、いとまを告げた。

「もう遅いので、帰ります」

あら、もう？　トキコはふりかえって、残念そうな表情を浮かべた。

「あのイヤリングを」

ミワはまだ持っていたそれを差し出した。トキコはそれを受け取って耳につけた。

「一度は別れ別れになったのに、また二つそろった。これだって不思議なことじゃない？」

見送るトキコに、ミワは、おやすみなさい、とだけ言って玄関を出た。


いったい自分は何をしていたんだろう？　新居の玄関を入ったミワはそこに立ち尽くした。心を病んでいる変なおばさんにひっかかってしまっただけ。夫が宇宙で死んだという話だって、もはや信じてはいない。なのに、ショックを受けている自分がいた。ヒロトがなぜ宇宙に行くかなんて、なぜ宇宙に魅せられているかなんて、考えたこともなかった。確かに、パイロットの妻失格だ。いや、完璧な妻になるつもりなんてないけれど。だいたい、この結婚は意味がなかったし、もう終わりなのだから。彼も、自分も、それを認めたのだから。

「もう終わり……」

ミワは視線の先にあるダンボール箱を見て、だったらこれも開けない方がいい、と思った。その一つを抱えると、居間から玄関へと運び始めた。また一つ、また一つと、全てを運び出すと、さすがに息があがった。ダンボール箱が違う形で片付いた居間に戻り、彼女は窓のカーテンを見た。吊るしたばかりだから、あれも返品がきくかもしれない。

「ダメだ、バーゲン品だ」

荒い息で呟きながら、ミワはキッチンへと向かった。冷たい水を飲み、息をついて、フリッジのパネルに触れる。カレンダーでヒロトが帰って来る日を確かめた。今朝、出たのだから、地球に戻ってくるのは季節が変わる頃だ……。彼女の中で何かがこみあげてきた。

「宇宙のなにが、そんなに面白いのよっ！」

怒鳴っていた。自分にも腹がたった。彼と一緒に宇宙を見上げたことがあっただろうか？　彼のことを本気で愛そうとしていただろうか？　距離と時間のせいにして、逃げていたのではないだろうか？　彼を、そして彼が愛する宇宙を、私は愛そうとしていただろうか？

「どこにいるのよ、ヒロト……」

こぼれる涙を指先でぬぐい、こんなにヒロトが恋しいと思ったことはなかった。かまわず声を出して泣いて、立体フォトの彼を見ようと、彼女は居間をふりかえった。

――ソファーに、ヒロトが座っていた。

ミワは目を大きくして、驚きに涙も止まり、口を開けて彼を見つめた。向こうもこちらを見て、言葉を失っている。

「あなた、なんで、ここに？」

「ミワ、どうして君が……船にいるの？」

瞬《まばた》きも忘れて、ミワとヒロトは見つめあった。確かに彼は、今ここにいる。もちろんミワも、自分の家にいる。

「どういう、こと？」

「わからない。夢なのか？」

ミワは一歩踏み出し、ゆっくりと夫に近づいた。ヒロトも立ちあがり、二人は恐る恐る歩み寄った。恐いけれど、確かめたい。惹《ひ》かれるように、我慢できずに、二人は相手に手を差しのべた。そして、微かにふるえる二人の手が……重なった。瞬間、何かがスパークして、その部分が輝きに包まれた。そこに感覚はなく、二人の手はきらきらと光る無数の原子に戻ってしまったかのようだった。まるで小さな銀河がそこに誕生したみたいに、空間が眩《まぶ》しく輝いている。ミワはあの偽りのないトキコのイヤリングの輝きを思い出した。ヒロトも感動の表情でそれを見つめている。

「……驚いたな」

ミワはうなずいた。感覚はないが、小さな銀河の中に消えてしまった自分の手先から、何かが伝わってくる。

「……あなたに、言いたいことが」

ミワはヒロトを見た。

「わかってる」

彼はうなずいた。さらに伝わってくる熱いものを彼女は感じた。それが彼の気持ちだと、わかった。すべてを超えて二人は、見つめあっていた。ミワは安堵の息をつき、ヒロトも自信を得た笑みを浮かべて、申し合わせたように二人は同時に光る空間から手を引いた。またスパークが起きて、眩しさにミワとヒロトは目を閉じた。そして、それを開いたとき、相手が消えていることに気づいた。


ソファーで寝てしまったミワは、手首のカフが振れて目を覚ました。カーテンの隙間からこぼれる朝日の中で『ヒロト』の文字を確認すると、彼女は応じた。

「おはよう、ミワ」

彼の声は明るかった。

「おはよう。早いのね」

モニタにはつながず、ミワは音声だけで返した。

「うん。昨夜の、あの時間、この船がどこを通っていたか知りたくてね」

「それで、何かわかったの？」

「いや、わからない。……というか、ぼくが旅してるところは、わかってないことだらけなんだよ」

宇宙の何を知ってるの？　ミワの頭の中で再びトキコが語りかける。

「とにかく、感動した、ってことだけは確かだ」

ミワはうなずき、それが起きた部屋を見やった。

「あなたを……あの時、抱きしめてたら、どうなってたかしら？」

「さすがにその勇気はなかったけど。次があるなら、ぜひ試してみたいね」

「例のマダムは、亡くなったご主人と式を挙げたって言ってたわ」

「驚かないね。ものすごい数の空飛ぶ円盤を見たっていう、じいちゃんの眉唾話だって、今なら信じるよ」

二人は笑った。

「私たちが知ってることなんて、わずかなのかも」

たとえば、離ればなれになった二つのイヤリング。彼らが人間の存在を認識できなければ、なぜパートナーのところに戻れたのか不思議でしょうがなかっただろう。そして自分たちも、とミワは思った。未だ知らないものがあるからこそ、何が起きたかわからない。「愛」というやつも、ヒロトの言うように物質なのかもしれない。でもそれは、人の法則ではまだ解釈できていない「未知の物質」。

「あなたは、素晴らしい世界を旅してるのね。すごく、うらやましい」

ヒロトが黙っているのは、ずっと欲しかった言葉だったからだろうと、ミワにはわかった。一呼吸してからヒロトは返した。

「わかってくれて嬉しいよ。でも、君がいる場所も、その宇宙の一部だから」

「みたいね。パイロットの妻になる、ってこういうことなのかしら。でも、できたら今夜はベッドで寝たい」

笑って返す夫を近くに感じながら、ミワはのびをした。

「さて、コーヒーを淹れようかな」

「じゃ、ぼくのぶんもお願いするよ」

ミワも笑って了解して、二人は通信を切った。

芳しい香りとともにカップに落ちる褐色の液体は、宇宙を想わせる。けれど世界は、人間は、夫婦はもっと混沌としている。そしてキッチンを満たす透明な陽光の中にも、昨夜のきらきらしたものが、少し混じっていることを、彼女は知っていた。

質問回答症候群

Q　赤ちゃんはどうしたらできるの？　どこから出てくるの？

親を困らす、通過儀礼とも言える子供の質問である。洋介《ようすけ》の両親も、もうじき六歳になる息子にある日問われて、ついにきたか！　と身構えた。

「ねえ、ぼくも兄弟が欲しい。どうやったら、赤ちゃんができるの？　ぼくも赤ちゃんだったんだよね？　……どうやってママのお腹から出てきたの？」

穢《けが》れのない子供は、無邪気に聞いているだけである。父親と母親は、こそこそと相談した。

「大人になればわかるとか、はぐらかすのが一番よくないって育児書には書いてあったわ」

「とはいえ、いまどき動物園でも見ないような鳥が運んで来るって言うのもなぁ。変にファンタジーにしてもいけないよな」

「洋介ちゃん、その質問に答えるのに、パパとママにちょっと時間をくれるかしら？」

検討した結果、両親は「真実」を、包み隠さず詳細に教えることにした。なぜなら洋介は、同じ歳の子より賢く、大人の言葉もよく理解する子供だったからだ。けれどその反面、非常に純粋なところもあった。親から全てを聞かされた洋介は（母親は熱の入った演技で、出産時を再現までして見せた）、そのあと長いこと言葉を発さなかった。彼が遠い目をしたままでいるのを見て両親は、自分たちが誤った選択をしたのではと不安に思ったが、一度言ってしまったものを言わなかったことにすることはできなかった。

そのことが関係しているかはわからないが、洋介は普通の子供とは少し違う子供に成長していった。言うならば、子供らしくない子供というのだろうか。元気よく遊んではいても、常にどこか冷めている表情をたたえている。そんな洋介は、小学三年生になった頃に再び親に質問をした。

Q　神様って、本当にいるの？

これまた、たいていの子供がいつかは聞いてくることである。そして答えるのも、また難しい。

「みんな、神様はいるって言うけどさ、実際に見たことないし。お寺とか神社とか教会にも、いろんな形の神様がいるけど。ホントのところはどうなの？　ねえ、お父さん、お母さん、神様って本当にいるの？」

小学生とは思えない達観した口調で淡々と問う洋介に、両親は言葉をのんだ。そして、また顔をよせて相談した。

「『神様は、あなたの心の中にいるのよ』が、ベストアンサーだと思うけど。本にも書いてあるし」

「そんなこと言ったら、鼻で笑われるぞ。あんな哲学者みたいな顔をして訊いてきてるのに……」

今回も子供扱いせずに正確な情報を与えるべきだと、両親は結論を出した。父親は息子に向かって、丁寧に話した。

「答えから言えば、神様は『いない』。それは、人間が作り出したものだからだ。進化した人間は他の動物にはない智恵を使って生き残ってきた。ときには災害を、ときには恵みを与える自然を『神』という形にして恐れ、敬うことで、それと立ち向かうことができたんだ――」

洋介は黙って、切々と説く父親の顔を見つめている。

「――また人間は精神的に頼るものとして、神というものを生み出した。よって自分が必要とすれば、神は『いる』ことになる」

父親がそう締めくくると、洋介は返した。

「そう。……ってことは、やっぱりいないんだね、神様は」

その息子の寂しげな表情を見て、両親は、また間違っちゃったかな、と思ったが、やはり一度告げてしまったものを取り下げることはできなかった。

このことが原因かはわからないが、中学に入ってから洋介は学校をよく休むようになった。とはいえ授業に出ずとも勉強はできるし、スポーツもできるので、足りない出席日数も大目に見てもらって優秀な高校に彼は進学した。さすがに幼いときのように、親に質問を投げかけてくることもなくなったが、ある夜、家族三人そろって居間でテレビを見ているときだった。母親が、腕に止まった蚊を叩いて殺すのを見て、十五歳になる洋介は、ぽつりと問いかけた。

「同じ命なのにどうして、虫は殺してもよいのだろう?」

Q　命に、重さなんてあるのだろうか?

両親が絶句していると、洋介はテレビ画面を指した。ニュースが流れていて、ちょうど連続殺人犯に死刑判決が下されたことをアナウンサーが告げているところだった。

「これだって、よくわからない。この男がやったことは、もちろんとても悪いことだけれど、この男を死刑にしたら、正義のためとはいえ『人が人を殺す』という同じ行為をすることになるよね？」

「いや、まあ、そうだけど……」

「その、日本には死刑制度ってものがあるから」

父親と母親は歯切れわるく返したが、洋介はテレビ画面を見つめたままだ。それは、いつまでも終わらない中東の戦闘を告げるものに変わっていて、洋介は続けた。

「これだってそうだ。殺し合いが世界中で平然と行われてる。虫のように人が殺されてる。昔も今も」

洋介は両親の方を向いて、真顔で聞いた。

「お父さん、お母さん。本当に、命に重さなんてあるんだろうか？」

すっかり背も大きくなって、学校では成績優秀で、教師からも期待されている洋介だが、その瞳だけは未だ生まれたての赤ん坊のように黒く澄みきっている。その目で見つめられて、父親と母親は追いつめられたようにしばらく固まっていたが、沈黙がこれ以上長く続くことにも堪えられず、口を開いて返した。

「そういうことは、先生に聞きなさい」

「インターネットで検索してみたら？　『命、重さ』で」

洋介は、その回答をどこかで予期していたようで、微かに苦笑したが、その表情はどこか寂しげでもあった。またもや失敗したことを両親も悟ったが、他に言ってあげる言葉も思いつかなかった。


皆の期待に応えて洋介は国立大学に入り、国家公務員Ⅰ種試験に挑んで見事に合格し、入省が決まった。国家公務員の職に憧れていたわけでもないが、これ以上手堅い将来はないし、仕事の内容もロジックを頭に詰め込むだけなので、余計なことを考えないですむから、自分に向いているように彼は思った。二十代は、望まれるままに淡々と仕事をこなす日々だったが、どこか世をはかなんだ表情をたたえた男で、またキャリア組ともなれば女が放っておくはずがなく、恋人候補がひっきりなしにアプローチをかけてきたり、告白してきた。けれど洋介は、三十歳を前にしても未だ一度も女の子とつきあったことがなかった。言うまでもなく、五歳のときの「質問と回答」が、彼のトラウマになっていた。女嫌いというわけではないが、いざ生身の女性と向き合うと、両親が告げた真実……営みから出産までが、ドーンと脳裏によみがえってきて気分が悪くなり、むなしくなってしまうのだった。性的欲求は自分で慰めるにとどまって、現実では彼は極力異性から遠ざかろうとした。

それでも、しつこくつきまとってくる女はいた。加織《かおり》も、その一人だった。上司に頼まれてしかたなく形だけ見合いをした相手だったが、はっきり断ったのに、加織は諦めず、何かと理由をつけて洋介の前に現れた。女っぽさをアピールするタイプではないが積極的で、何を言われてもめげないので、洋介も根負けして、彼女とは少しだけ話すようになった。あまり異性を感じさせないところもよかったのかもしれない。

「なんでそんなにおれがいいの？　公務員だから？」

気にせずなんでも言えるのも気楽でよかった。彼女はそれに答えた。

「ええ。それ以外のなにものでもないわ」

わかりやすいところも洋介をホッとさせた。しだいに加織とは打ち解けて話すようになり、トラウマがよみがえることもなく、食事に出かけるまでの仲になった。

そしてある晩、雰囲気のよいバーで加織と肩を並べてグラスを傾けながら洋介は、このおれもついに女とつきあうときがきたかな？　と心の中で呟いた。すると、したたか酔っている加織が口を開いた。

「あなたを追っかけている理由は、確かに将来が保証されてるからよ。でもね……洋介さんに初めて会ったとき、あることを感じたの」

めずらしくしっとりとした声を出して、加織は洋介を見た。洋介はそんな彼女に戸惑いながらも返した。

「おれに、なにを感じたの？」

加織はじっと洋介の目を見つめた。

「この人は……愛に飢えている人だ、って。そう感じたの」

触れられたくはなかった言葉。ずっとその言葉から逃げていた洋介は、スコッチの入ったグラスを持ったまま固まった。

Q「愛」とは、なんぞや？

青白い顔色でしばらく沈黙していた洋介だったが、ロボットのようにぎこちなく首を傾げると、問い返した。

「……愛って、なに？　みんな、愛、愛って言うけど。愛なんてものが本当にあるなら、見せてほしい！」

苦笑して言う洋介に、加織は面食らったような顔をしていた。が、彼女の表情はすぐに相手を哀れむような、やさしげなものに変わった。そして、そっと洋介の手に自分の手を重ねた。ビクッ、と彼は体を硬直させたが、その手をひっこめはしなかった。

「なら、見せてあげる」

加織は熱い眼差しを洋介に注いで告げた。

「……私は、あなたを愛してる。心から」

洋介も加織を見つめ返したが、腹の下からうねりのようなものがこみあげてきて、彼は、うっ、と唸《うな》ると上半身を折り曲げて、自分と加織の手の上に胃の中のものを吐きだした。

愛を知らない哀れな男を救おうとした加織も、愛の告白に対して嘔吐《おうと》で返してくるという洋介の重症度に、さすがに白旗をあげて、それっきり洋介の前から姿を消した。しかしこの事件は、洋介が自分という人間を見つめなおすよい機会にはなった。

「女性に告白されて滝のように吐いてしまう自分に、さすがに不安をおぼえて。人としてこのままでいいのだろうかと。助けてくれそうな専門家を探しまして、先生のところにカウンセリングを受けに来たしだいです」

洋介はすすめられたソファーに座ると、自己紹介に続けて経緯を話した。一年先まで診療の予約はいっぱいだという「カウンセラー満土久《まどひさし》」のオフィスを訪ねると、そこは住宅街にあるマンションの一室だった。パリのアパルトマンかと思うぐらいインテリアは洒落《しゃれ》ているが、飾られている花は野花だったり、馴染みある雑誌や新聞が無造作に置かれて、今にもドアから家族が入ってきそうな温かみも感じられる、居心地のよい空間だ。

「どうぞ、自分の家にいると思って、おくつろぎください」

セーターにジーンズという姿で出てきたカウンセラー満土は、五十代後半ぐらいの男で、もちろんビジネスマンには見えないが、医者にも、スピリチュアル系にも見えない。いいところ作家とか教師といった感じだなと洋介は思った。

「こんなに早く、診《み》ていただけるとは」

「病院と同じで基本は待たされますが、急患と思われる方は、すぐに診てさしあげることもあります。コーヒーはお好きですか？」

洋介がうなずくと、満土はリビングとつながっているダイニングキッチンでコーヒーを淹れ始めた。近未来的なデザインのエスプレッソマシンに金色のカプセルをセットして、ボタンを押す。褐色の液体がカップに落ち、深呼吸したくなるような香ばしい薫りが部屋に漂った。

「治療が長期にわたらないと思う方も、先に診ることがあります」

満土は言いながら、コーヒーで満たした白い磁器のカップを洋介の前に置いた。

「私の問題も、短期の治療で治ると？」

満土は自分のマグカップにコーヒーを落としている間に、予め洋介からメールで受け取った問診票に再度目を通した。

「『森下《もりした》洋介、二十九歳、公務員』。洋介さんとお呼びしていいですか？　ご自分でも気づいていらっしゃるとおり、五歳の頃、ご両親から聞かされたあまりに詳細な性に関しての情報がトラウマとなり、女性との関係に問題が生じている可能性があります」

「やはり、そうですか」

「他にも影響している出来事があるかもしれませんね。子供の頃から今まで、どういうことがあったか思いつくままに、時間は気にしないで好きなだけ話してください」

洋介は遠慮なく、ほどよい堅さが心地よいソファーにもたれた。向かいに座っている満土も昔からよく知っている友人のように思えてきて、リラックスできる空間で時を忘れて彼は話し続けた。

胸の中にあったものを全て出しきると、窓の向こうで日が傾き始めていた。一気に話して疲労感さえおぼえる洋介に、カウンセラーはやさしく告げた。

「私は、それぞれのお客さんの問題に、ユーモアをふくめて名前を付けるんです。洋介さんの場合は『質問回答症候群』と名付けました」

洋介は、その名をくり返して呟いた。質問回答症候群……。満土は書きとめたメモを見ながら説明した。

「あなたの純粋な質問に、ご両親がちゃんと回答できなかったことが、あなたの人間形成に大きな影響を与えていると思われます」

その見解に洋介は深くうなずいた。

「簡単に言うと、言って欲しいことを言ってもらえなかった」

それを聞いただけで、洋介は胸がじんと熱くなってきた。そのような気持ちになること自体、彼にとってめずらしいことだった。満土は空になっている二つのカップを持って立ちあがった。そして、エスプレッソマシンに今度は銀色のカプセルをセットして新しいコーヒーを淹れ始めた。

「本当は左利きなのに右利きで育てられてしまった子供が、それに気づかないで苦しむ例があります。あなたも、本当は甘いものが食べたいのに、辛いもので育てられてしまった子供みたいなものです。自分でも辛党だと思い込んで、甘いものを避けて生きてきたが、本質が欲しているものをいきなり口に突っ込まれて、体と頭がどう反応していいかわからず吐いてしまった。といったところですね」

満土は解説すると微笑んだ。

「なので治療方法は簡単です。言って欲しいことを、今からでも言ってもらえばいいのです」

「両親にですか？」

少し驚いて洋介が返すと、満土は首を横にふった。

「残念ですが、あなたはすでにご両親に期待をすることができなくなっている。今さら何か言ってもらったところで、信用できないでしょう」

そう言われればそうだと、洋介は同意した。

「別の人に、それを頼みましょう。例えば……」

満土はちょっと天井を仰いで考えてから、提案した。

「おじいさんとか、どうです？」

今度は洋介が首を横にふった。

「祖父は、二人ともぼくが生まれる前に亡くなっています」

「この世に存在しなくてもいいのです。おじいさんと話すのは、ここにいるあなたでもありませんから」

「どういうことですか？　えっ、意味がよく……」

眉間にしわをよせる洋介に、満土は落ち着いた表情のまま、二杯目のコーヒーを差し出した。

「まずはこれを。今度のコーヒーはカフェインレスです。むしろ、とても眠くなります。体の力を抜いて、眠気に誘われるままソファーに横になってください。充分くつろいでらっしゃるので、今さら遠慮はなさらないと思いますが」

彼の言うとおり、洋介はすっかりこの部屋が気に入っていて、もう少し長居したい気分だった。言われるままにコーヒーを受け取って飲んでいるうちに、たちまち眠気が襲ってきた。まだ半分も残っているカップを置いて、洋介は足をのばしてソファーに横たわった。

「寒くありませんか？」

遠いところで満土の声が聞こえたが、大丈夫です、と返すこともできず、引きずり込まれるように洋介は深い眠りに落ちた。

はっと気がつくと、洋介の手は楓《かえで》の葉のようにかわいらしくなっていた。小学校に上がる前ぐらいの歳だろうか。懐かしい実家の食卓がとても高く感じる。母親は食器を洗っていて、父親はテレビを見ている。

「ねえ」

洋介は両親に向かって、先日もした質問をくり返すところだ。

「ぼくも兄弟が欲しいよ。どうやったら、赤ちゃんができるの？」

パパもママも、この質問にまだ答えてくれていない。この前は、二人とも顔が人形のようになって、洋介は何かいけないことを聞いたのだろうかと思ったが、教えるから少し待てと言われている。今日こそ答えてもらうぞ、と思ったそのとき、トイレから水が流れる音がした。

「だれ？」

と見ると、トイレから出てきたのは、老人だ。おじいさん……あれっ？　ぼくの家におじいさんなんかいたっけ？　と洋介は驚く。

「どうした、洋介。変な顔して」

おじいさんは、顔をしわだらけにして微笑んだ。

「おじいちゃんの顔になにかついてるか？」

年寄りの男が家にいれば、それはふつう「おじいちゃん」だ。だから自分のおじいちゃんなのだろう、と小さな洋介は、老人に頭をぽんぽんと撫《な》でられながら、その存在を素直に受け入れた。
「どうしたら赤ちゃんができるか、知りたいのか？　よし、おじいちゃんが質問に答えてあげよう」
ほんと？　と洋介は目を輝かせておじいちゃんを見上げ、ずっと知りたかったその秘密に耳を傾けた。

ソファーの上で洋介は、ぼんやりと目を覚ました。コーヒーの薫りが部屋にまだ漂っている。向かい側に座っている満土も、瞑想するように目をつぶっている。洋介はカウンセラーに今の夢について話そうとしたが、思うように口が動かず、また眠りの泉に落ちていった。

気づくと洋介は、今度は土手に座っていた。横には教科書が詰まった黒のランドセルがある。そこは小学校に通う道の途中であることを、すぐに思い出した。彼が望んでいる河原は、沈みゆく夕日に輝いて茜色《あかねいろ》に染まっている。見晴らしのよいこの場所に座って、ぼんやりと過ごすのが洋介は好きなのだ。先生も同級生も、勉強ができて品行方正な洋介が、学校の帰りに少し寄り道をしていたところで何も言わない。洋介は学校であったこと、本で読んだこと、世の中のことについていろいろと思いをはせる。今日は「神様」というものに疑問が浮かんできた。家に帰ったら、親に質問してみようと思う。

「おお、洋介、こんなところでなにをしてる」

乾いたような声にふりむくと、老人が笑顔を投げかけてきた。

「……おじいちゃん」

「また、ここにいたのか。どうした、そんなに思いつめた顔をして？」

おじいちゃんは、どっこいしょ、と洋介の隣りに腰を下ろした。

「いろいろ、考えてたんだ」

しわだらけの顔を見たとたん胸が温かくなってきた。なぜか洋介は、おじいちゃんがすぐにも消えてしまうように感じて、急《せ》くように言葉を続けた。

「ねえ、おじいちゃん。神様はいる、って言うけどさ。見たことないし……」

洋介は真剣な表情で川面《かわも》を見つめ、問いかけた。

「本当のところはどうなの？　神様って、本当にいるの？」

おじいちゃんも川面を見つめていたが、洋介に負けず真剣な面持ちで、その質問をくり返した。

「神様は、本当にいるのか……。洋介、おじいちゃんはね、こう思っているんだ」

重たそうな瞼《まぶた》の下の瞳が自分と同じく黒く澄んでいる老人を、少年の洋介はじっと見つめて、続く言葉を待った。

「次に気がついたとき、ぼくはおそらく高校生になっていました。ぐっと背も伸びて、男っぽい体になり始める頃です。少し老いた両親と一緒にぼくはテレビを見ていて、また質問を投げるんです。すると――」

満土久のオフィス、心地よいマンションの一室で深い眠りから目覚めた二十九歳の洋介は、完全に覚醒するとソファーから起きあがって、カウンセラーに話し始めた。満土はうなずき、満足げな表情でクライアントの話に耳を傾けている。

「そこでも『おじいちゃん』が、出てきましたか？」

満土に先に言われて、洋介はうなずいた。

「そうなんです。呼ばれて見ると、縁側でおじいちゃんが涼みながらビールを飲んでいて、『洋介、こっちに来い』と。そして両親の代わりに、ぼくの疑問に答えてくれました。知りたかった、命の重さについてです」

清々《すがすが》しい洋介の表情を見て、満土は微笑んだ。

「よかったですね」

「夢の中で、おじいちゃんが、三回ともぼくの質問に答えてくれました。そしてその言葉に、回答に、ぼくは心から救われた……。それは確かです」

　しかし、と洋介は首を傾げた。

「おじいちゃんが、ぼくの質問になんと答えてくれたかは……まったく覚えていないんです。疑問が解消された感覚だけが残っていて、心の中も今までになく晴れやかなのに。それが残念で」

　満士は、それには返さず黙っていたが、

「治療は、これで終わりです」

　洋介に告げた。えっ、と洋介は驚いて相手を見たが、満士は平然とうなずいた。

「もう大丈夫。あなたは言って欲しかったことを、おじいちゃんに言ってもらえたのです。これで、あなたの本質をねじ曲げていたものは解消された。これからはもっと自分らしく、楽な気持ちで生きていけるはずです」

「これだけで？　終わりですか？」

「効果が出なかったようでしたら、またいらしてください。お顔を見るかぎり、おそらくないとは思いますが」

　洋介は狐につままれたような気持ちで部屋の時計に目をやった。一晩ぐっすり眠ったような感覚であったが、眠っていた時間は半時間にも満たなかったようだ。

「……はあ、そうですか。まだ実感はありませんが」

ソファーから腰をあげて、疑心暗鬼ではあるが、洋介はとりあえず効果を待ってみることにした。お気をつけて、と見送る満士に、

「ありがとうございました」

小さく礼をして、洋介はマンションを出た。ぼんやりと駅に向かって住宅街の道を歩いていると、同じ二十代ぐらいの女性と洋介はすれ違った。ゆれる髪と、白い頬、バッグを細い肩にかけなおす女の仕草が視界に入り、ぴたりと、洋介は足を止めた。突然、胸が熱くなってきて、なんとも言えない抑えきれないような気持ちでその女性を見送った。……ああ、この世は素晴らしい。そう彼は呟いていた。


洋介が再び、カウンセラー満士を訪ねることはなかった。解消されたという言葉のとおり、彼の心は解き放たれた。目に入るものは何もかも輝いて見え、耳に入る音や言葉すべてに興味をそそられ、心は躍る。そうなると、外界から閉ざされているような今の職場にいることが息苦しく感じられてきた。上司や両親が止めるのも聞かず、洋介は辞表を出すと、洗い場や警備のアルバイトをしながら、再び大学に通い始めた。人間、自

然、世界、宇宙のことが知りたくなった。興味は尽きることがなく、これまでになく充実した日々を送る洋介は、満士に感謝のメールを送った。

『今までは興味を持たなかったことを、片っ端から学んでいます。文学や芸術、知りたいことばかりで他の学部の授業も聴講しています。ですが、机上の勉強も物足りなくなってきました。この目で世界を見に、近々旅に出ようと思っています。先生がおっしゃったとおり、解き放たれて別人になったようです。本当の人生が開かれました。心よりお礼を申し上げます』

満士からもメールが返ってきた。

『治療の効果があったようで何よりです。お力になれたのなら私も嬉しく思います。とはいえ今回の治療は、洋介さんご自身のお力があってこそのものなのです。そのことを忘れずに。この先も、それだけは忘れないよう、今回のセッションのことも記憶から消さないよう必ず心にとどめておいてください。治療を受けた皆様にそれはお願いしております。洋介さんの益々のご健勝を陰ながら見守らせていただきます』

洋介はそのメールを一度読んで、それからもう一度、丁寧に読み返した。あたりまえのことを言っているようにも思えたが、どこかひっかかる文面だった。「必ず」と念をおすところも気になったが、

「あまり浮かれすぎるなと、注意をうながしているだけだろう」

洋介は、それ以上は深く考えないことにした。そして満土に宣言したように、彼は世界を見に旅に出た。


森下洋介と言う名を聞けば、著名なカメラマンと誰もが今では知っていて、また随筆家としても認知されている。キャリア公務員からカメラマンに転身した経歴も面白がられる理由ではあるが、彼が撮る写真や綴る文章に、人々が魅了されて人気を得ていることは間違いなかった。「彼が写し取ったもの、言葉で再現したものは、本物よりも輝いている」と評される。それはカメラマンで作家である洋介の被写体に注ぐ情熱が、並外れたものであるからに他ならなかった。

「人生の半ばで、ぼくは生まれ変わったから、未だに子供のように世界を見るのです」

問われると、洋介は語った。歳をとるとともに彼は文化人という扱いになり、講演などに呼ばれることも増えた。一方で、相変わらず国内外を旅してまわり、辺境の地や、紛争地域、環境破壊に苦しむ場所にも赴《おもむ》いて、被写体にレンズを向けた。人類に共通する純粋な感情を世界中でシェアするために。

洋介は、二十代のときに受けたセッションのことを忘れないようにはしていたが、さすがに晩年になってくると思い出すこともなくなってきた。還暦を超えると、洋介も体調を崩すようになってきて旅に出ることも少なくなり、自分が撮ってきたものを整理したり、作品集にまとめたりする日々を送っていた。

ある日も作業をしていると、端末が着信を知らせた。未登録の番号からで、怪訝《けげん》に思いながらも応答すると、相手は女性だった。

「森下洋介さんですか？　突然ご連絡して申し訳ありません。番号が変わっていなくてよかったです。わたくし、林由加里《はやしゆかり》と申します」

記憶にない名前で、洋介は正直に伝えた。

「すみません。この歳になりますと、お名前を失念してしまうことが多くありまして。仕事か何かでお世話になりましたか？」

遠慮がちに問うと、相手は答えた。

「いいえ。お会いしたことは一度もありません。お話をするのも初めてです」

「そうですか。では、どういったことで？」

一瞬沈黙があって、相手は告げた。

「あなたの、娘です」

洋介は、ぽかんと口を開けた。

「驚かれるのは当然だと思います。ですが、亡くなった母からは、森下さんが私の父親だと聞いております。母の名は、加織と申します」

「そんな……まさか」

洋介は目頭をおさえた。記憶から消し去ることのできない名前に、忘れていた熱い感情が胸にこみあげてきた。

「あなたが旅立たれるとき、母のお腹にはすでに私がいたそうですが、そのことを母はあなたに告げなかったそうです」

「なんてことだ……」

次々と記憶がよみがえってきて、洋介は涙を抑えることができなかった。

満土のところでセッションを終えた二十九歳の洋介が、自分に起きた変化を感じて、すぐに向かった先は、他の誰でもなく加織のところだった。洋介の顔を見るなり彼女も、

「あなた、どうしたの？　洋介さんではないみたい」

彼の変化にすぐに気づいた。

「そうなんだ。ぼくは、生まれ変わったんだ！」

洋介は加織を強く抱きしめた。

「気づかせてくれたのは、君なんだ。ありがとう」

そして驚いている加織にキスをした。体中が熱くなり、洋介は幸せだった。

「何が起きたかわからないけど。あなたが幸せになってよかった」

加織は洋介を見つめて返し、自分のことのように喜んだ。

「前のあなたも、今のあなたも、愛してる」

これが「愛」なのだと、洋介は初めてわかった。二人は時間があれば一緒に過ごすようになった。彼が公務員を辞めることも加織は反対しなかった。新しい人生を謳歌する洋介を、彼女はそばで見守っていた。洋介が世界を見に旅に出ると決めたときも、彼女は応援した。

「一緒に行かないか？」

ぼくの妻になって、と洋介はプロポーズした。加織は幸せそうに微笑んでいたが、首を横にふった。

「帰ってきたら、結婚して。待ってるから」

洋介は旅先からまめに彼女に連絡をとったが、旅費をかせぎながら世界をまわる旅は予想以上に長くなった。しだいに加織からの返事が滞るようになり、最後に「別の人とつきあっている」というメールが届いた。洋介にとって加織は初恋の人で、初失恋した相手となった。その後も、彼は別の女性と何人かつきあったが、結婚を申し込んだのは彼女が最初で最後だった。

加織と過ごしたかけがえのない日々を思い出して、今は老人となった洋介はふるえる声で、自分の娘だという女性に謝った。

「もしあなたがお腹にいることを知っていたら、加織さんのそばを私は離れはしなかったでしょう」

「だから母は言わなかったのだと思います」

と彼女は静かに返す。生まれ変わって世界のすべてを見たいと願う洋介を、愛しているからこそ加織は笑顔で見送ることを選んだのだ。

「私も母の思いを理解できたので、父親のあなたに会ったことがなくても不満に思ったことはありませんでした」

洋介は何も言えず沈黙していたが、取り返しのつかない時間が過ぎたことは把握できた。

「加織さんは……お亡くなりになられたと」

消息不明の加織をずっと探していた彼は、非常に落胆して言った。

「お葬式のときにお知らせするべきでしたね。迷ったのですが、ご著名な方なので、かえってご迷惑かと思いまして」

由加里はちょっとためらって、続けた。

「ただ母には、『何か本当に困ったことがあったら、洋介さんに相談しなさい』と言われてました。この度、若干そのようなことになりまして。思いきって連絡をとらせていただいたのです」

娘の存在を告げるためだけの連絡ではなかったようで、洋介は涙を手で拭って、背筋をのばした。

「私になにか、できることがあれば」

「はい」

はっきりと、突然現れた娘は言った。

「私には五歳の子供がいるのですが、自分がひとり親で育ったせいか、どう接していいかわからないときがありまして……。文化人としても尊敬されている森下さんの、お智恵を借りたいと」

「お子さんがいらっしゃると？」

洋介は、娘だけでなく孫までいることを知り、一気に自分の歳を思い知らされた。

「はい。とても好奇心旺盛な男の子で。最近、いろいろと質問してくるのです。ときには、親として答えにつまることもありまして。森下さんは息子のおじいさんということになりますし、彼の力になっていただけませんか？」

洋介は、ハッと目を見開いた。忘れるなと強く言われていたセッションのことを、彼は一気に思い出した。四十年前に満土に言われたことも……。

「なるほど……そういうことか」

洋介はようやく、その意味を理解した。


洋介は、トイレの個室の中にいた。

「そういうことなのだ」

便座に座って、すっかり薄くなった頭を彼は抱えている。

「カウンセラー満土が言った『洋介さんご自身のお力があってこそのもの』とは、こういうことなのだ」

ドアの向こうからは、もうじき六歳になる男の子が、親に話しかけている声が聞こえる。母親は洗いものをしていて、父親はテレビを見ている。このあと、「おじいちゃん」という存在が突然トイレから出てきて、男の子は少し戸惑うが、すぐに受け入れるだろう。洋介は、もうわかっていた。

「あれは孫なんかじゃない。……五歳のおれだ！」

あの子は、いや、おれは、ある疑問を投げかけてくるだろう。その質問に、今の自分がどう答えるかで、あの子の……おれの人生が変わる。セッションで見た夢の中では「おじいちゃん」が、欲しかった回答をくれたが、なんと答えたのかはわからずじまいだった。

「それを、今、おれ自身が……それを考えろということか」

でも、もしここで間違った回答を、幼い自分に返してしまえば……。

「おれは救われることもなく、生まれ変わることもできない。加織を愛することも、世界を旅することもできなくなる。手に入れた本当の人生が、その瞬間に消えてしまうに違いない」

洋介は、指の間から何かがこぼれていくかのように、しわが刻まれた自分の両の手のひらを見つめた。

「今のおれにかかっているのだ、すべては……」

彼は小さくうなずき、決意した表情で立ちあがると、水を流してドアを開けた。

予想どおり、幼い洋介が驚いたような表情で、老人の洋介を迎えた。

「どうした、洋介。変な顔して」

老人は平静を装い、男の子の頭をぎこちなく撫でる。

「どうしたら赤ちゃんができるか、知りたいのか？　よし、お、おじいちゃんが質問に、答えてあげよう……かな」

「ほんと？」

幼い洋介は遠慮なく目を輝かせて、おじいちゃんを見上げる。この子に何を言って返すかで、人生が決まるのだ、と思うほどに言葉がのどにつまり、老人の額にはじんわりと脂汗がにじんできた。

「えー……お、お父さんと、お、お母さんは、赤ちゃんが欲しくなったら、まず……まず……」

その顔が、蠟人形《ろうにんぎょう》のように青白くなっていって、

「おじいちゃん？　どうしたの」

うっ、と腹をおさえて唸ると、老いた洋介はトイレに駆けもどった。

「おじいちゃん大丈夫？　どうしたの？」

ドアの向こうから幼い洋介が言った。

「……つわり？」

二十九歳の洋介は、眠りから覚めて、ぱっちりと目を開けた。そこはトイレの中ではなく、自分がどこにいるのか一瞬わからなかった。心地よい堅さのソファーに横になったまま、自分の手を見ると、子供の手でもなく、老人の手でもなかった。窓の外は日が暮れ始めていて、テーブルの上には二杯目のカフェインレスのコーヒーが半分残されている。起きあがった洋介がカップにふれると、すっかり冷めていた。

「ぜんぶ、夢か……」

それに答えるように、満土がキッチンから入ってきて、間接照明を一つ点けた。

「お疲れさまでした。どうですか気分は？」

洋介はカウンセラーを見上げて、首を横にふった。

「不思議な夢を見ました。……セッションを受けたぼくは生まれ変わって、新しい人生を歩み、老人になりました」

わかっているように満土はうなずいた。

「老人のぼくは、幼いぼくの質問に答えようとしたんですが……」

洋介はため息をついてソファーにもたれた。人生においてこんなにも無力感に襲われたことはないと彼は感じた。それを見て、満土は遠慮なく笑顔で言った。

「逆の立場になると、なかなか難しいでしょう」

「あんなに色々と経験して、歳とったのに」

「あくまで夢の中でのことですから」

落ち込んでいる洋介にカウンセラーは、

「では、治療はこれで終わりです」

唐突に告げた。えっ、と洋介は、夢の中で同じことを言われたときと同様に驚いて、相手を見た。

「これで、終わりですか？」

「効果が出なかったようでしたら、またここにいらしてください。その可能性はおそらくないとは思いますが」

「でも、おじいちゃんがなんと答えたのか、それを知りたい」

微笑んだまま無言で返す満士に、洋介は続けて訴えた。

「おじいちゃんは言って欲しかったことを言ってくれた。そのおじいちゃんは、ぼくなんだけれども……そうか……回答を考えるのもぼくだった……」

「そういうことです。言って欲しいことを考えるのは、あなた自身なのです。そのことがわかったなら、もう大丈夫です」

まだ混乱しつつも、洋介はソファーから腰をあげて、うながされるままに玄関に向かった。が、思い出したようにふりむいて満土にたずねた。

「治療費は？」

満土は首を横にふった。

「私は何もしていません。あなたのお力であなたが夢を見ただけのこと。コーヒー二杯ぶんのお気持ちだけ、そのビンに入れていってください」

洋介はまた困った表情になったが、玄関に置いてある小銭が底にたまっているガラスのビンに、悩んで五千円札を一枚入れると、満土に一礼をしてそこを出た。


夢の中で老人にまでなった洋介は、自分が一気に老けこんでしまったように感じながら、駅に向かって歩いた。気持ちを落ち着かせるためにも、少し遠回りして行こうと思い、道をそれて土手に上がった。河原を見やると、今、夕日が沈むところだ。夢の中で、老人と子供の洋介が並んで座っていた河原にどこか似ていた。ただ、夢の中よりも日は落ちていて、ふりかえれば細い金色の三日月を抱いた青紫の空が降りてきている。昼と夜が、淡いトリコロールのような配色で接している、その神懸かった瞬間に遭遇して、洋介はそこに立ちつくした。あの夢を見たあとでは、明らかに世界が違って見えた。隣りに誰かいるようにも感じて、泣きたくなるような心持ちで洋介は感動的な光景を見つめた。

「……こんなに美しいもの、いったい他の誰が創れるっていうんだ」

知らず言葉が出ていて、それが回答であることにも気づいた。感動しているうちに夕日は沈んでいき、美しい光景も永遠ではないと同時に悟った。

ぼんやりとしたまま家に帰ってきた洋介は、シャワーを浴びて、浴室から出てくると洗面台の鏡に映っている充分に若い自分の顔を見つめた。それに重ねるように、老人になったときの顔が思い出された。

「悲しいけど、命に重さなどないのが現実かもしれない。でも――」

洋介はまた自分に呟いていた。

「――長さは確実にある。永遠の命はない」

洋介は携帯電話を取ると、加織の番号を見つめた。限られた長さしか人は生きられない。あの夢のように一生は短い。ならば、と彼は彼女に発信した。出ないかもしれないけれど、もう一度、加織に会いたいと思った。

「……はい」

しばらくコール音が続いたあと、彼女の声が小さく応じた。洋介の表情は輝いた。

「加織。この前は、本当に申し訳なかった」

伝わるよう、洋介は必死に説明した。

「君が言うように、ぼくは愛に飢えているんだと思う。だから、餓死しかけていた人間が、いきなりトンカツを口に突っ込まれて、吐いてしまったようなもんだ」

彼女は何も返さず、沈黙している。

「今日、カウンセリングを受けた。ぼくは、生まれ変われるかもしれない。もう一度、ぼくにチャンスをくれないか？」

間があったが、加織の声が耳に届いた。

「……なんだか、洋介さんではないみたい。わかったわ。そこまで言うなら、もう一度だけ会ってみる」

洋介は声をあげて喜び、さっそく明晩に会う約束をして、電話を切った。ところが、

「……まてよ」

と、洋介は顔をしかめた。これと同じようなことが前にもあったような、と既視感に襲われたのだ。

「……これも、現実ではなく、カウンセラー満土に見せられている夢の続きなんじゃ、ないか？」

探しもとめていた回答を自分自身で見つけたところで、今後こそ本当に目が覚めるのでは？ ……ありそうだ、と洋介は思った。そう思うと、洋介は眠るのも恐くなってきた。もし目覚めたら、また満土の部屋のソファーの上なのではないかと。これが夢でもかまわないから、このまま目覚めないで、加織に会って、今度こそ彼女と幸せに暮らしたいと彼は願った。

そこで洋介は一睡もしないで夜を明かし、翌日、加織に会いに行った。

「洋介さん」

待ち合わせたカフェに一時間も早く着いて洋介が待っていると、加織が約束どおりの時間にやってきた。彼女は寝不足で目を真っ赤にしている洋介を見るなり怪訝な表情になって言った。

「どうしたの、その目？ それに、ちょっと老けた感じがする……」

洋介も加織の顔を見ると、一気に感情がこみあげてきた。

「加織、会いたかった。ずっと、ずっと、君のことを長い間忘れることができなかった」

「そんな、あなたが吐いてから一ヶ月も経ってないわよ？」

「言わせてくれ、本当に、ありがとう。君はお腹に子供がいるのに、ぼくの将来のことを思って……いや、これは夢の中のことだったな」

加織は意味がわからず、ぽかんと洋介を見ている。

「とにかく、君に会ったら言いたいことがあったんだ」

「なに？」

高ぶる感情を抑えきれず洋介は立ちあがると、人目も気にせず大きな声で加織に言った。

「どうやったら赤ちゃんができるか、教えて欲しい！」

加織は目を皿のように大きくした。が、かまわず洋介は告げた。

「愛してる。正しい答えを一緒に見つけよう！」

加織は洋介を見つめていたが、首を横にふった。

「……ごめんなさい。やっぱり無理だわ」

加織は洋介に背を向けて、速やかにそこを去った。

自分から逃げていく女を見送り、夢であるなら覚めてほしいと洋介は願ったが、残念なことにこれは現実で、覚めることは二度となかった。トラウマからは解放された二十九歳の幸運な男は、愛とは何か、ほんの少しわかったが、その答えを探す旅は始まったばかりだった。

80パーマン

【Q】ヒーローはたくさんいますが、いちばん強いのは、だれですか？（ゆうた10歳）
【A】映画やマンガに出てくるヒーローは、みんな人間ばなれしたパワーを持っていますが、力だけで強さは測れません。頭がよかったり、やさしい心を持っていることも強さです。そのような能力は比べることがむずかしいので、だれがいちばん、と決められるものではありません。

「つまーんない答え」

　ソファーにひっくりかえる息子を見て、次郎《じろう》は彼が投げ出したタブレットを取りあげた。

　Q&Aサイトが近頃はお気に入りのようで、自ら質問を投稿したらしい。

「勇太《ゆうた》、しかたないよ。これは答えられない質問だ」

「ズバッと、だれ！　って言って欲しかった」

　その気持ちはわからんでもないので、次郎は笑ってネクタイをゆるめた。

「あら、私の大好きなチーズケーキ」

ダイニングキッチンからは、妻の麻美《あさみ》の声がする。

「カードも付いてるわ」

麻美は、ケーキの箱に添えられているカードを開いた。『いつもありがとう。次郎』と書いてある。

「……」

麻美が一瞬無言になったので、次郎は自分が用意した妻への誕生日プレゼントになにか不備があっただろうか、と彼女の横にきた。

「どうした？」

「ううん、ありがとう。嬉しいわ」

「でも、なにか言いたそうだ」

「でも、これを言っちゃったら……」

「気になるから、言いなよ」

「ちゃんとお誕生日を覚えていてくれて、好きなスイーツも買ってきてくれるし、カードも付いてるし、ありがたいんだけど」

「だけど？」

麻美は遠慮がちに呟いた。

「贅沢《ぜいたく》言ってはいけないけど、なんか、サプライズ感がない」

「いつもチーズケーキだから？」

「っていうか……いいとこまできてるのに、おしいというか……」

でも本当に嬉しいのよ、怒らないでね、と慌てて言う妻に、次郎は首を横にふった。

「怒らないよ。言いたいことはよくわかる。それがオレだから。学生の頃から成績も、最高でBプラス。それ以上がどうしても取れない。あと少しなのにおしい、と言われ続けてきたからね」

二人の会話を聞いていた勇太もソファーから起きあがった。

「そうなんだよね。参観日に来ても恥ずかしくはないけど、友だちに自慢するほどじゃないんだよなぁ、パパは」

母親は息子に向かって顔をしかめた。

「勇太は黙ってなさい。よけいなこと言わなきゃよかったわ。ケーキをいただきましょう。ほら、ちゃんとロウソクも付いてる」

無理にはしゃいで息子とケーキにロウソクを立てる妻を、次郎は苦笑して見ていたが、モヤモヤしたものが彼の中にも残り、それは翌日まで持ち越されることとなった。

積まれた書類を前にぼんやりとしていた次郎は、名前を数回呼ばれてようやく気づいた。

「今泉《いまいずみ》くん、どうした？　なんか問題発生？」

コーヒー片手にやってきた上司に問われて、

「いえ、仕事のことではなくて」

と次郎は返すと、昨夜の話をした。

「家内はいいところを突いていて、確かに人生において80点以上を取ったことがないんですよ、ぼく」

「だろうね。それ以上取れてたら、うちの会社には来てないよ」

多くない髪を茶色に染めている上司は、うなずいた。

「その壁を突破できれば、勝ち組になれるんでしょうね」

「悪いけど、勝ち組って顔じゃないな」

「会社に入ってからも、大きなヘマはしてないですが……」

「そうね、充分に役だってくれてるけど、目立って売り上げに貢献するような仕事はしたことないね」

ま、がんばってよ、と次郎の肩を叩いて去っていく上司を見送り、彼はため息をついた。

「万年80点か……」

パソコンに向かった次郎は、ふと思いついて、息子が投稿していたQ＆Aのサイトを探した。

「あった、これだ『グールルなんでも相談室』。カテゴリーは……その他、かな」

質問の送信画面に飛んで、次郎はキーをパタパタと打ちはじめた。


【Q】子供の頃から80点以上を取れたことがありません。大人になっても、詰めが甘いと言われ、いまひとつな人間のままです。どうしたら100点を取れるようになるでしょう？（じろう37歳）

不思議なもので、文字にすると心の中のモヤモヤが少し晴れて、次郎は書類の山に向き直るとそれに目を通しはじめた。半時間ほど経って、済んだものをわきにやろうとした次郎は、パソコン画面にハッと目を止めた。質問を投稿してそのままにしていた画面に、早くも回答が送られてきている。

「うそ、早っ」

彼は驚いて回答の文字に目を走らせた。

【A】あなたの質問の意味がわかりません。

「えっ、いきなりダメだし？　勇太のときよりひどいな」

予想もしていなかった出だしに戸惑いながらも、次郎はその先を読んだ。

――なぜなら、じろうさん、あなたのような人が実は一番世の中に必要とされているからです。その才能を壊すようなことを、絶対にしてはいけません。100点を目指すなんて、もってのほか。

才能……。自分には縁がなかったその二文字を見つめて、次郎は瞬きをくり返したが、回答はさらに予想外のことを伝えて締めくくられていた。

――その才能を無駄にしたくなければ、ぜひこちらにご連絡を。Realhero@xxx.com

……怪しすぎる。あらゆる詐欺や、悪徳商法の手口が頭に浮かんで、次郎は慌ててサイトから出ると、パソコンの電源を切った。が、もう一度その言葉を声にした。

「才能か……」


麻美はスマホを取りあげて見たが、夫からの返信はなく、ため息をついてそれを置いた。彼女の誕生日のあとから、このようなことが増えている。先日は、接待ゴルフだと言って出たのに、連絡がとれなくなり翌朝に帰ってきた。

「今夜も遅いのかしら……」

「ほかにオンナができたかな？」

オムライスを食べながら呟く息子を、

「勇太っ、そんな言い方どこで覚えたのっ！」

叱ったが、彼女も同じ疑惑を抱いている。

「だって最近、パパ帰って来るの遅いし、休みの日も出かけちゃうし」

新しい仕事を引き受けたので少し忙しくなる、と次郎から告げられているので信じてはいるが、麻美が一番気になるのは、次郎が以前よりもどこか自信ありげで、活き活きとしていることだ。誕生日にダメだしをしたのが原因で、ほかのオンナに走ったのだろうか。

「家にいてもスマホ気にしてるし」

「お仕事が忙しいのよ」

「でも、パパってそんなに仕事できた？」

「そうね……。仕事も、浮気もできる人じゃないから大丈夫……」

母親の声は小さくて、勇太は言われなくても黙って残りのオムライスを口に運んだ。


その頃、次郎はビルの屋上から飛び降りようとしている若いオンナの横にいた。浮気相手ではなく、今、初めて会った女だ。たまたま会社の帰りに道を歩いていたら、皆が上を指して騒いでいて、自殺をしようとしている人間がビルの上にいると知り、慌てて救助に向かったのだ。

「来ないで！　それ以上近寄ったら、飛び降りるわよ」

青白い顔で、目がすわり、あきらかに心身ともにまいってるとわかる女は、乗り越えた柵の向こうから次郎に叫んだ。

「でも、どっちにしろ、飛び降りるんですよね？」

と、次郎が落ちついた口調でつっこむと、女は怪訝な顔になって返した。

「あなたは止めに来たんじゃないの？」

「そうですけど」

「いくら説得しても、無駄だから」

「わかってます。私もできる自信ないので」

「……説得しないの？」

「それは、じきに警察が来て、やってくれるんじゃないかな」

女はちょっと黙って相手を見つめ、聞いた。

「じゃあ、なんでわざわざ屋上まで上がってきたの？」

次郎は首を傾げて返した。

「時間かせぎ、ですかね？」

「警察が来る前に、私が飛び降りちゃったら、どうするのよ？」

「まあ、それはそれで、しかたなかったたってことで」

「え、すまされるんだ？　それで？」

自殺願望者の女は憤慨しているような表情で次郎を見た。

「なんなの、あんた？」

次郎は特に声色も変えずに言った。

「80パーマンです」

はちじゅ？　と眉間にしわをよせている相手に、次郎は胸を指して続けた。

「ワイシャツの下に『80』ってひかえめにプリントしてあるTシャツを一応着てますが、脱いで見せるほどの物でもないので。ちなみに素材も綿80％です」

なんじゃそれ、と女は飛び降りるのを忘れて、今は柵にもたれている。

「ぼくの使命は、そのぐらいで、いいらしいです」

「ふーん、100パーじゃなくていいんだ」

いいんです、と次郎はうなずいた。女もため息を吐いた。

「確かに、100パーを目指すから辛くなるのよね、人生」

「それを目指すことを求められる世の中ですからね、しかたないですよ」

女はチラッと下を見ると、

「……目指して、たのかな」

呟いた。次郎は何も言わず、二人は沈黙した。

「もうちょっとなんか言ったら？」

「言うこともないので」

女は息をつくと、柵を乗り越え、安全な場所に戻ってきた。急に寒さを感じたのか、腕を組んでいる女に、次郎は微笑んで言った。

「よかったら、下のカフェでコーヒーでも」

女の顔にも微かに笑みが浮かんだ。

「おごってくれるの？」

「いえ、50円割引券があるので、これ使ってください」

財布から割引券を出して渡すと、ぽかんとしている女を残して、

「じゃ、失礼します」

次郎はそこを去った。

人を助けるという仕事を始めたとたん、今夜のように、偶然そのような機会に出くわすことも多くなり、次郎は驚いている。

「こんなに忙しくなるとは……」


その才能を無駄にしたくなければ――。

質問サイトから送られてきた怪しすぎる回答。しかし次郎は好奇心を抑えきれず、結局、付されていたアドレスにメッセージを送ってしまったのだった。

〈私に「才能」があるとは、どういうことですか？〉

するといまた時間を置かずにメッセージが戻ってきた。

〈それは誰もが持っている才能ではありません。あなたはその能力を使って、世界を救うヒーローになれるのです。使ってみれば自分でもわかるでしょう。さっそく明日から「80パーマン」と名乗って、多くの人を救ってください。まずは手始めに、行方不明になっている子供の捜索をしてみてください〉

添付されているニュースサイトに飛ぶと、家から遠くない近隣の町で、勇太と同じぐらいの男の子が数週間前から行方不明になっているという記事が載っていた。

「オレにこの子を助けろって？　だいたい『80パーマン』ってなに？」

あきれながらも、中途半端な性格であるから、メッセージを無視することも、信じて積極的に行動することもできず、とりあえず次郎は散歩と称してその町に行ってみることにした。警察の捜査も行き詰まっていると記事にはあったが、そんな事件が起きているとは思えないぐらい町は平穏に見えた。

「もうこの町には、いないんじゃないかな？」

来てからそう思ったが、せっかくここまで来たからと、子供が迷い込みそうな神社の裏山や、誘拐犯が使いそうな工場の跡地や、空き家などがあるとのぞいてみた。しかし歩いてまわるにはさすがに町は広く、疲れてきた次郎は、今日はこれで帰るかと、あっさりと引き返すことにした。そのとき、狭い道を飛ばしてやってきたライトバンが彼の横を過ぎて、すれ違いざまに、助手席に乗っている男の子と次郎の目があった。

「……あ、あの子、行方不明の！」

彼は去って行く車のナンバーを記憶して、すぐに警察に通報した。

「行方不明になっている男の子が、白いライトバンに乗っているのを今、見ました。車のナンバーは――」

警察は真剣に対応して、また連絡するということだった。

家に帰った次郎は、車が見つかったか気をもんで待っていたが、夜になって警察から電話が入った。

「先ほどは情報提供ありがとうございました。緊急手配して探しましたところ車を発見しましたが、助手席に乗っていたのは行方不明の男の子ではありませんでした」

「えっ、人違いでしたか。それは、すみませんでした」

見えない相手に次郎は頭を下げて謝った。

「確かに感じが似ていたので、しかたありません。ところがですね、その車を探して検問をしている最中に、偶然怪しい車両を見つけまして。止まらず逃げたので追跡しましたら、その逃げた男の家で、行方不明の男の子が見つかりました」

驚いた次郎がテレビを点けてみると、逮捕された誘拐犯が連行されて、男の子も無事に救出される様子が速報で流れている。

「結果的に犯人逮捕につながりました。お礼申し上げます。捜査協力者として、お名前とご住所を再度確認させていただきますが、えーと今泉次郎さん、でよろしいですね？」

結果的に自分が男の子を救った。その信じられない展開に、次郎はしばらく言葉を失っていたが、電話の相手に答えた。

「いえ……は、80パーマンです」

「えっ？　なんですって？　はち？」

「……一応、名乗れと言われてるので」

次郎は電話を切った。

それ以降も、未解決事件やトラブルなどを教えるメッセージが送られてきて、言われたとおりに自分のできる範囲で次郎が動くと、結果的に解決に導いたり人助けになるという同様の展開が起きた。

あるときは、接待ゴルフをしている最中に携帯にメッセージが届き、近くの山で中年の登山者が遭難しているということだった。

「捜しに行けと言われてもなぁ……装備もないし」

とりあえず次郎はゴルフが終わってから、その山の麓《ふもと》まで車で行ってみた。登山コースの横にハイキングコースもあって、それぐらいなら普通の靴でも歩けるだろうと、形だけでもその山に踏み込んでみることにした。しかし予想外に道は険しく、おまけに日が暮れてきてしまった。これは戻った方がよいかなと思ったとき、人がうめく声が微かに聞こえた。見下ろせば、谷底に中年男性がうずくまっている。次郎は慎重にそこへと降りていった。

「こんな麓にいたんですか。見つからないわけだ」

キノコを採ろうとして足を滑らせたという彼は、両足をくじいて動けなくなっていた。

「恥ずかしくて、家族にはハイキングコースを歩きに行くとは言ってないんだ」

ぐったりしている中年男性に次郎は、救助隊を呼びますね、と携帯を出したが、電波がつながらない。

「登山道はつながるんだけど。意外とこういう所が穴なんだよね」

なるほどと次郎は、すでに真っ暗になっている辺りを見回した。自分だけ戻るにしても、何も見えず危険だ。

「あなたは捜索隊の人？」

「いえ、違います。人助けが仕事ではありますが」

次郎の言葉に中年男性の声は明るくなった。

「私をかついで、山を降りてくれるのかな？」

「いや、そこまではやりません。真っ暗だし、けっこう険しいので、ぼく一人だってケガをしてしまう恐れがある」

じゃあどうするの？　とまた声が暗くなる相手に、次郎は背負っていたバッグからいろいろ出して見せた。

「もう一晩、ここでこらえてください。運よくゴルフ用の使い捨てカイロをいっぱい持っているので。予備のウィンドブレーカーも、水分補給用の水もあります。接待相手が好きで常備してる栄養ドリンクや柿の種も」

次郎はもう相手の顔もよく見えない闇の中で微笑んだ。

「助けは来ませんが、一人よりはいいでしょう？」

中年男性は、ちょっと沈黙していたが、言った。

「……そうね、一人よりは。私は橋本《はしもと》と申します。あなたは？」

「80パーマンです」

さらに無言になっている相手がどんな顔をしているかは、やはり暗くてわからなかった。

翌朝、寝入っていた次郎は、橋本にゆすられて目覚めた。

「ハチ……ナントカさん、起きてください。人の姿が見えたので呼んでみたら、助けに来てくれました」

遠足に来たらしい子供たちと教師が、上の道からこちらに向かって手をふっている。

救助隊も到着するのが見えて、次郎は大きくのびをすると荷物をまとめた。

「もう大丈夫ですね。じゃ、私はこれで」

ぽかんとしている橋本を残して、そそくさと次郎はそこを去った。

当初はメッセージが送られてきても、自分にいったい何ができるのかと次郎は懐疑的だったが、そのようにじんわりと事件を解決していくうちに、自然と自信のようなものも生まれてきた。

〈なんとなく、自分の「才能」がわかってきました〉

次郎は謎の回答者にメッセージを返した。自信とともに使命感も持ち始めると、困っている人を自ら見つけるようにもなって、80パーマンの仕事はますます増えていくのだ

った。しかし会社では、

「今泉くん、ちょっと話が」

当然のことながら、茶髪の上司に次郎は呼び出された。

「最近、成績が落ちてるね。あまり期待はしてないけど、せめて八割は維持してもらわないと」

次郎は頭を下げて、言いにくそうに返した。

「実は、ボランティアみたいなことを始めまして。80点な人間ですから、仕事との両立も完ぺきにとはいかなくて」

「仕事を優先してもらわなきゃ困るよ。……とはいえ最近、活き活きしてるのは、そのボランティアのせいかな？」

「ええ、まあ、そうかもしれません」

ま、仕事に支障をきたさない程度に、と釘《くぎ》をさされて、次郎はその日は寄り道をせずに家に帰ってきた。

「お早いお帰りだね」

勇太に嫌みを言われて、次郎は話をそらすように息子が持っているタブレットをのぞきこんだ。

「それで、一番強いヒーローは誰だかわかったかい？」

「いつの話だよ。そんなのはもうどうでもいいんだ」

家族サービスの方もおこたっていたら、息子がすれてしまったようだと、次郎は冷めた表情の勇太を見た。

「あら、こんな時間に、めずらしい」

冷ややかなのは息子だけではなさそうだ。妻の声にそちらを向くと、こちらもスマホから目を離さない。

「夕飯、まだ用意してないわよ」

「じゃあ、今夜は久しぶりに外食にするか」

家族の機嫌をとるために、次郎は近所のファミリーレストランに、喜びもしないが拒否もしない二人を連れて行った。料理を注文するとすぐにタブレットを出して何やら検索している勇太に、

「食事のときぐらいはやめなさい」

次郎が注意すると、麻美は返した。

「いいじゃない。なにか夢中になるものがあるのはいいことよ」

そういう彼女もスマホを見つめたままだ。勇太は見ていたタブレットを置くと呟いた。

「ざーんねん。今日は、80パーマンの情報はないや」

次郎はお冷やの水を吹き出した。

「いま、なんて言った？」

「80パーマンを知らないの？　今、密かに注目されてる、謎のヒーローだよ！」

目を輝かせて言う勇太に、麻美も笑顔になって説明した。

「噂だけで、ホントにいるのかどうかわからないんだけど。勇太は彼の大ファンなの」

「あんまりカッコよくなくて、今までのヒーローとは、ぜんぜん違うんだ！」

「事件の解決のしかたが面白いのよ。ネット上でも、その地味すぎる仕事が逆にすごいって、絶賛されてるの」

「だから他のヒーローなんか、どーでもよくなっちゃった」

「誰かが創作して、流してるだけの話かもしれないけど。どうしたのあなた、暑いの？」

次郎はおしぼりで額の汗をふきながら、うなずいた。

「そうだな、それは作り話だよ、きっと」

でもさ、助けてもらった人が、ちゃんと証言してるんだよ、と勇太はタブレットで動画を次郎に見せた。記憶にある男や女が、インタビューに答えていて次郎はまた目を大きくした。

　ハイキングコースで遭難していたという男が、地元テレビ局のインタビューに答えている。

「頼りになるようで、ならないというか。助けてくれた、ってほどでもなくて……まあ、一人でいるよりはよかったかなって」

　次に出てきた証言者は痩せた女だが、次郎がビルの屋上で会ったときよりも顔色がよくなっている。

「飛び降りようとしている私を止めるでもないし。あまりに半端な男なんで、こっちも気がぬけちゃって。思いつめて死のうとしてる自分がバカみたいに思えてきて……」

　とはいえ、みんな80パーマンには感謝しているという。勇太は動画を止めると、熱い口調で語った。

「こんなヒーロー、今までいなかったよね？　ハンパすぎる。ぼくも将来、80パーマンになりたいな」

「べつに、そこを目指さなくても……」

　次郎が助けを求めるように麻美を見ると、彼女もスマホを置いて残念そうに呟いた。

「私の方も、今日は情報なしだわ」

「ママも、80パーマンのファンなの？」

少し照れながら聞く夫に、妻は首を大きく横にふった。

「まさか。私は、120パーマンのファン」

「ひゃく……にじゅう!?」

次郎は仰天して問い返した。

「そんなのがいるのぉ？」

息子と妻は、それも知らないの？　とあきれている。

「なに、それ、どういうヤツなの、その120は？」

「文字どおり、120％の仕事をするのよ。これぞ、ヒーローの中のヒーローというか。その仕事たるや――」

うっとりとした表情で妻が熱く語りはじめると、急に聞きたくない気分になってきて、遮《さえぎ》ったが、

「もういいよ。それも作り話だよ、きっと」

「120パーマン」が実在する可能性を誰よりも感じているのは次郎だった。

次郎の予想どおり、120パーマンは実在した。なぜわかったかというと――今、彼の目の前で、その人が事件を解決しているからだった。

「おまえは、人を傷つけることなどできない」

目出し帽をかぶったいかにもなコンビニ強盗の男と、会社員風のスーツの男が、レジカウンターの前で対峙《たいじ》している。コンビニ強盗は、ジャケットの下から取り出した刃渡りの長いサバイバルナイフを、スーツの男に向けて、すごんだ。

「んだとぉ？　誰だ、おまえは？」

「120パーマンだ」

スーツの男が、上着とワイシャツをマジックのように一瞬で脱ぐと、逞《たくま》しい胸筋には大きく『120』とタトゥーが入っていて、さすがの強盗も一瞬言葉を失った。その隙に、120パーマンはカウンターを飛び越えてレジの向こうにまわり、強盗に金を要求されて硬直していた若い男の店員を逃がした。

「オレを甘く見んなよ！」

強盗もカウンターを乗り越え、二人は中でもみあいになったが、120パーマンは見事なたちまわりで強盗の手から凶器を奪った。強盗もこれは相手が悪いと判断したようで、体勢を変えて店内の商品を相手に投げつけながら退却しはじめた。しかし、ヒーローは飛んでくるカップ麺や缶詰を片手で受けとめては、投げ返し、相手の顔面に命中させてひるんだ隙に、腹の下に拳《こぶし》を一発入れて、ついに強盗はぐったりと意識を失った。その場所は計算されたかのように生活用品のコーナーの前で、120パーマンは手をのばしてガムテを取ると、手際よく強盗を縛り上げた。

「おみごと！」

「ありがとうございます！」

深夜の店内にいたのは次郎と若い男の店員だけだったが、二人は120パーマンに拍手を送った。しかし120パーマンは、まだ仕事は終わってないという表情で、床に落ちている商品を黙々と拾い集め、格闘で荒れた店内を片付けはじめた。次郎と店員があっけにとられているうちに、彼は乱れていた棚などもすっかり直して店を元どおりにすると、強盗の顔に投げつけたカップ麺と缶詰、そして残りのガムテを持ってレジに来た。

「買う前に使ってしまってすみませんでした。お会計をお願いします」

「えっ、そんな代金なんかもらえません！　助けていただいて、おまけに店まできれいに片付けてもらって！」

慌てた店員は、財布を出す120パーマンを押しとどめた。

「大丈夫です、経費で落ちますから。千円あれば足りますね、お釣りは募金箱に入れてください」

120パーマンは千円札を置くと、ワイシャツと上着を取って着た。そして店員に向かって言った。

「なぜ、このコンビニが狙われたかわかりますか？」

店員が首を横にふると、ヒーローはやさしい口調で説いた。

「失礼なことを言うようですが、客が少ないからです。にぎわっている店を強盗は狙いません」

そしてヒーローはレジ横に目をやった。そこにはコンビニの定番、おでんの鍋がある。

「さしでがましいようですが、おでんがイマイチ美味しくない」

120パーマンは、くるりと踵をかえして、調味料のコーナーに行くと醬油とみりんを取って戻ってきた。そしてレジカウンターにまた千円札を置いて、

「これもいただきます。お釣りは募金箱に」

醬油とみりんを開封すると、おでん鍋に適量をささっと加え、レジ横にある使い捨てスプーンで味をみて、これでよし、と満足げにうなずいた。

「お騒がせしました。では」

彼は清々しい笑顔で一礼して、意識を失ったままの強盗を引きずって店を出て行った。

次郎がそれを手伝おうとすると、

「ありがとうございます。ですが、心配ご無用」

と彼は表を指して、見ればパトカーが今到着したところだった。感動しながら次郎が、

「いや、素晴らしいお仕事を見せてもらいました。お名前のとおり120％の――」

ふりかえって言うと、その人の姿はすでに消えていた。


「120パーマンに味を変えてもらって、すっごく美味しくなったんだって、そのコンビニのおでん！　おかげでお客も店員も増えて、もう強盗は来ないだろうって、ワイドショーで言ってたわ」

興奮して話す麻美を横に、次郎は彼女が買ってきたおでんを無言でつついている。

「そのコンビニチェーンは、全店でおでんを同じ味に変えて、それがまた大人気なの。美味しい？」

その現場にいたんだよ、とも言えず、次郎は黙ってうなずいた。

「でも、ちょっとやりすぎだよ。おせっかいっていうか」

やはりおでんをつつきながら、勇太がぼそっと言った。

「そこがいいのよー。強盗が散らかしたお店を片付けながら、知らぬ間に雑誌コーナーにあった青少年によろしくない本も撤去してたらしいわよ」

「えっ、そうなの？　いつの間に！」

次郎は驚いて、さすがに感嘆の息を吐いた。麻美は勇太に向かって真顔で言った。

「勇太、あなたもヒーローになりたいなら、80パーマンじゃなくて120パーマンを目指しなさい」

「えーっ」

勇太は不服そうに、父親に助けを求めた。

「ねえ、パパは、どう思う？　どっちを目指したらいい？」

次郎はまた額に汗をかきはじめた。

「パパも……どっちにしたものか、悩んでるところだよ」


次郎は犯人を追って、吐きそうになりながら全速力で走っていた。会社の近くの裏道で最近ひったくりが頻繁に起きているという情報を得て、昼休みにその辺りをパトロールしていたら、まさに、老女が黒い服を着た男にバッグをひったくられて悲鳴をあげているところに出くわしたのだ。昼飯を食べたばかりだし、いつもだったら無理せず、逃げ去る犯人の特徴を記憶するだけだろう。けれど、120パーマンを意識するようになってから、雑念が浮かぶようになり、

「120パーマンなら追っかけて、とっくみあって、縛り上げて、バッグに傷がついてたら

修理して、被害者に返すに違いない」

と、気がついたら走っていて、わりと足の遅い犯人に次郎は追いついてしまった。とつくみあって顔を見れば、なんと女のようだ。殴っていいものか一瞬考えた隙に、犯人は次郎の股間を蹴り上げて、逃げてしまった。バッグは取り返したので、汚れをふいて老女に返しに行くと、大事なものは入ってないし保険に入っているから、むしろ盗られたことにしてくれないか、と突き返される始末。やってきた警察にも犯人の特徴を問われたが、

「男かと思ったら、女で……いや、女装してる男かな？」

顔を見たことで逆に印象が曖昧《あいまい》になってしまい、うまく伝えることができず、結果、犯人を逃がしてしまった。


「どうした浮かない顔して？」

茶髪の上司はいつもの調子で、次郎の肩を叩いた。

「仕事の方は、成績戻ってるのに」

「今、ボランティアの方を、少し休んでるんです」

「無償っていうのは、長くは続かないもんさ」

そういうことではないんです、と次郎は呟いた。

「そのボランティアで満点以上を狙いだしたら、かえってダメになっちゃって。80点どころか0点という結果に」

つまり、前のように事件を解決できなくなってしまったのだ。勇太も80パーマンの情報がすっかりなくなってしまって、がっかりしている。せっかく応援してくれていたのに申し訳ないと、次郎も今となっては思う。

「80点の取り方まで、わからなくなってしまった」

「仕事でも、そのぐらい悩んで欲しいけどね」

と言いつつ、部下が落ちこんでいることは、上司にもわかったようだった。

「ま、そういうときは、パーッと飲んで忘れたら？」

無責任な助言をする上司は、ポンと手を叩いた。

「今日は、定例の交流会があるぞ。タダで飲めるじゃないか」

普段は顔をあわせない部署の人間とも交流を持つようにと、社内を活性化させる目的で最近始めたものだが、会社の会議室でビールを飲んでもつまらんと、若手で参加する者はあまりいない。まあ、気分転換にはいいかもしれないと、次郎は言われるままに参加してみることにした。

行ってみれば、なるほどパッとしない交流会だった。定年間近の社員と、身の置き場がなさそうな地味な新入社員が、酒を酌み交わしている。同世代もいるにはいるが、疎外されている感じの者ばかりだ。とはいえ誰とも話さないのも退屈なので、ぽつんと独り座ってピーナッツを齧《かじ》っている社員に、次郎は歩み寄った。

「あっ」

忘れもしないその顔を見て、次郎は声にした。

「120パ……！」

相手も驚いたように顔をあげて、シッと指を立てた。

「……コンビニにいた人か！」

彼も次郎を見て、思い出したようだった。

「同じ会社だったとは」

それはこっちのセリフだと次郎は思ったが、120パーマンは声をひそめて頼んだ。

「ぼくのもう一つの顔については、ここでは秘密にしておいてくれませんか？」

「もちろん、言いませんよ」

他人事ではないので、次郎は即答した。けれど、コンビニでは惚《ほ》れぼれするような仕事を見せてくれたのに、目の前にいる彼は同じ人物とは思えないほど精彩がなかった。

「二階堂《にかいどう》って言います」

彼からごく普通の名刺を渡された次郎は、自分も名刺を返して言った。

「なんだか、お疲れみたいですね」

「普段はこんな感じですよ。毎日120％で生きてたら、死んでしまいますからね」

「あなたが、そういうことを言うとは意外です」

「あなたが見たような仕事をするためには、体力や気力を温存しなきゃならないし、鍛えているとはいえ、大きな仕事をしたあとはどっと疲れが出て」

二階堂は自分の肩に手をやった。

「しばらくは動けない。完璧以上、120％の仕事をやろうとすると、結果、限られた数しかそれはできないんです」

次郎は納得してため息をついた。

「完璧なぶん、仕事量は減るわけですね」

「最近ネットで噂になっちゃって、みんながぼくの活躍を待ってるからプレッシャーを感じるけど。でも、絶対に無理はしない。スーパーマンとは違って、ぼくは人間だから」

次郎は深くうなずいて、120パーマンのコップにビールを注いだ。

「これまた奇遇なんですが……実は私も、ネットで噂になっている80――」

言いかけたとき、次郎はスマホが鳴っていることに気づいた。見ると麻美からで、何度も着信が入っている。何事かと次郎が出ると、

「あなた！　勇太が！」

動揺している麻美から伝えられて、次郎は耳を疑った。

「勇太が、誘拐された!?」

反射的に次郎は、120パーマンの方を見た。しかし、そこに座っているのは、冴《さ》えない普通の会社員だ。今の彼に助けを求めても無駄だろう。すぐに帰る、と次郎は妻に言って、震える手でスマホを切ると、

「落ち着け、ここに80パーマンがいるじゃないか」

自分に言った。


「警察には？」

息を切らして帰ってきた次郎は、麻美に聞いた。

「警察に知らせたら殺すと書いてあるから。まずは、あなたに相談しようと」

ポストに入っていたという紙を彼女は見せた。

「『子供の命はあずかった。警察に知らせた場合は殺す。無事に返してほしければ、玉《たま》川橋《がわばし》の下に、80パーマンが一人で来い……』」

コピー用紙にシンプルに打たれた活字を読んで、次郎は息を呑《の》んだ。

「要求はお金じゃないの？　どういうこと？」

問う麻美に、次郎は首を横にふったが、最悪のことが起きたかもしれないと思った。

80パーマンになってから、頼りないと言われながらも人には感謝されている。しかし同時に悪事をさりげなく暴露したりして、悪人からはけっこう恨《うら》まれているはずだ。次郎が80パーマンであることがどこかでバレて、勇太が人質になった可能性も充分にある。

「先生や友だちに聞いても、放課後から誰も勇太を見てないの。どうしたらいいの？」

泣いてうろたえる麻美の肩を抱き、次郎も自分の心臓音を聞きながら、今、何をするべきかを必死で考えた。

……120パーマンなら、どうする？　まずは警察にサクッと知らせてから、指示された場所にバーン！　と一人で乗り込み、犯人の要求など聞かずにテヤッ！　と大立ちまわりを演ずる。倒した犯人をギュッと縛り上げて、勇太を救出したところで警察が到着。二度と誘拐されないよう、勇太に護身術をチャチャッと教えて、ついでに宿題もパパッと見てくれてから、ヒーローは姿を消すだろう。でも、そんなことができるのは彼だけだ。

……じゃあ、80パーマンなら、どうする？

しばらく思案していた次郎は、フッと笑った。こんなときになぜ笑えるのかと、怪訝な顔になる麻美に、次郎はのんびりした口調で言った。

「ママ、これは勇太のしわざだよ。最近80パーマンが現れないから、彼に会いたくてやったんだな。もう少しで騙《だま》されるところだったよ」

まさか、と麻美は脅迫状を見た。

「学校でプリントしたんだろう。まったく、こんないたずらして。大丈夫、ぼくがこの場所に行って探してくるから。ママは夕飯の支度でもしてなさい」

麻美は次郎の言葉にあ然としていたが、笑顔でそう言われるとそうであるような気もしてきて、そうね、とうなずいた。

家を出た次郎は、走り出したい気持ちを必死でおさえて、

「焦るな、80パー、80パーで」

自分に言いながら、通常の歩調で「玉川橋」へと向かった。すると横道から、野球のユニホームを着た男の子が自転車で飛び出してきて、ブレーキをかけた。

「あ、勇太くんのお父さん、こんばんは」

見れば勇太のクラスメートだ。

「こんばんは大介《だいすけ》くん。練習の帰りかい？」

ええ、と返す大介に、次郎は一応たずねた。

「勇太を捜してるんだけど、見なかったかい？」

「見ましたよ。王子橋《おうじばし》のところで」

「王子橋？　玉川橋じゃなくて？」

うん、とうなずく子に、ありがとう、君に偶然会えてよかったよと次郎は言って、方向を変えてそちらに向かった。なんとなく嫌な予感がした次郎は、聞いた王子橋に来ると、誰もいない橋の下で、息子の名前を大声で呼んだ。

「勇太！　どこだ、勇太！」

すると、背後から水音とともに、

「お、と……たす」

声が聞こえて、次郎は驚いてふりむいた。流れる川の波間に子供の頭を見た瞬間、次郎は川に飛び込んでいた。

「あーあ。80パーマンに会いたかったのになぁ」

病院のベッドでプリンを食べている勇太に、母親は青筋をたててまくしたてた。

「まだそんなこと言ってるのっ、この子は！　もしお父さんが来なかったら、それも、あと数分遅れてたら死んじゃってたのよ！」

「だって80パーマンが、なかなか来てくれないから。ボール蹴って遊んでたら、川に落としちゃって」

「だいたい、橋の名前を間違ったら、80パーマンだって来ないよ」

風邪をひいてる次郎は、息子より青白い顔で返した。

「しょうがないよ、ぼく頭わるいから」

「80パーマンになる前に、もっと勉強しなさい。しばらくネットを見るのも禁止よ。ママも一緒にやめるから」

麻美は、もう退院だから支度しなさい、と持ってきた服を勇太に渡して、次郎に言った。

「あなたが偶然大介くんに会っていなかったらと思うと、ぞっとするわ」

「そうだな。勇太には神様がついてるんだよ」

「大事なときに、あなたがいてくれてよかった」

「家のことをおろそかにしてたぼくも、いけなかったよ」

「私も、近くにいるヒーローに目を向けなくちゃ」

次郎と麻美は微笑んで、久しぶりに目を見て会話していることに気づいた。

看護師に見送られて病棟を出た勇太は、父親にドアを開けてもらって車に乗り込んだ。

そのとき、母親に聞こえないよう、勇太が次郎にささやいた。

「ぼくについてるのは、神様じゃないよ。ぼくには80パーマンがついてるんだ。いつだってね」

次郎はギョッとして息子を見た。わかっている、と言うように勇太はうなずいた。

「大丈夫、ママには秘密にしとく。ヒーローのつらいところだね」

次郎はうなずいて返すしかできなかった。


定例の交流会をやっている会議室に、翌月も次郎は顔を出した。120パーマンである二階堂に、ぜひ礼を言いたかったからだ。

「えっ、あなたが？　あの80パーマン？　いや、びっくり！」

次郎が打ち明けると、二階堂は予想どおり驚いたようだった。

「でも最近、噂を聞かないんで、どうしたのかなと思ってたんですよ」

「実は、あなたの120パーの仕事を見ちゃってから、自分を見失っていたんです。でも、お話しして、それなりにご苦労があることを知りました。それで自分は自分のやり方でいいんだと思いなおして」

次郎は息子を救った一件を語った。

「あのとき全力で動きまわってたら、泳ぐ体力も残ってなかった」

そうですよ、と二階堂も同意した。

「無理して他人を真似ることはない。頼まれても、私は息子さんを救えなかったでしょうし」

前より参加者が増えているようにも思える交流会の会場を、二階堂は見渡した。

「会社と同じで、適材が適所にいて、なりたっているのが一番ですからね」

ところで、と二階堂は次郎に問いかけた。

「今泉さんが80パーマンだと知って、ぜひ意見を聞きたいんですけど。ずっと気になってることがあって」

なんですか？　と次郎は缶ビールを開けながら返した。

「100パーマンってのは、いるんですかね？」

「100パーマン！」

次郎は、言われれば確かに、と思った。

「100パーマン、それを『スーパーマン』と言うのかもしれませんが。あなたと私が同じ会社にいるのだから、もしかしたらその100パーマンも、ここにいるなんてことは？」

「でも、100パーマンの噂は、今まで一度も聞いたことがないですね」

「そうなんです。やっぱりいないのかな」

次郎と二階堂はビールに口もつけないで、いるかもわからない100パーマンに思いをめぐらした。ふと、次郎は二階堂の方を向いてたずねた。

「そもそも、あなたはどうして120パーマンになったんですか？」

ああそれはね、と趣味を始めたきっかけを思い出すように、二階堂は話しだした。

「そもそもぼくは、なんでも120％でものごとをやってしまう質《たち》で。だからすぐに疲れちゃうし、長続きしない。そんな自分を変えたいと思っていたら、ある日、発信元不明の怪しいメールが送られてきたんです」

「えっ、どんな？」

「〈変わる必要などありません。その才能をいかして120パーマンになりなさい〉と」

「同じだ！　ぼくの場合は質問サイトだったけど」

どういうことだろう？　二階堂は首を傾げている。

「二階堂さん、そのことを誰かに相談しましたか？」

「えーと……したな。相談というか、自分はダメだ変わりたいと、当時の上司にこぼしましたね、萬田《まんだ》部長に。彼は異動になって、そう、今はあなたの部署にいるはずだ」

いるもなにも、お馴染みの茶髪の上司だ。

「萬田さんか！」

「あんなに見えて、けっこうできる人らしいですよ。それこそ、適材適所に人材をうまく配置して、完璧なチームを作ると言われ……」

ここまで言って、二階堂はハッと黙った。次郎はうなずいた。

「完璧なる采配か。なるほどね……100パーマンの噂を聞かない理由が、なんとなくわかってきた。つまり『完璧なヒーロー』ってやつは、自らは動かず」

「仕事をしてる、ってことか」

二階堂も確信したようだ。

「この会社にいるな」

「彼こそが、いまどきのスーパーマン。一番できる男かもしれない」

二人は同じ方向を見て黙った。

「よっ！　シケたツマミで飲んでるかい？」

100パーマンがビール片手にこちらにやってきたからだった。

万次郎茶屋

どこかの動物園で、高齢のゾウが死んだそうだ。ニュースにもなって、たくさんの人が花を持ってお悔やみに来たらしい。「お別れの会」ってのもやったそうだ。そのゾウが、みんなに愛されていたということだ。なんていったってゾウだからな。そりゃあ、動物園っていえば、ゾウ、キリン、ライオンだ。間違っても、イノシシじゃない……。

砂場に寝そべり、物思いにふけっていた万次郎《まんじろう》は、よっこらしょと起きあがり、短い足で巨体をささえながらエサ場へと向かった。イモや菜っ葉などの新鮮な野菜が、彼の年齢を考慮して細かく切ってある。

おれも、けっこう自慢できる歳なんだけどなぁ。そんなことは誰も知らないし、柵の向こうに掲げてある小さなプレートにも書いちゃくれない。

『イノシシ（猪）英名 boar　学名 Sus scrofa　分類 鯨偶蹄目《くじらぐうていもく》イノシシ科』

と、それだけだ。

万次郎は不満げに鼻をフンッと鳴らして、エサを食べ始めた。二十年前、山で猟師のかけた罠《わな》にかかり、まだ子どもだったことから彼はこの動物園に託された。もちろん、「名前を一般公募！」なんてこともなく、園長がなんとなく、

「万次郎」

と名付けた。それでもウリボウと呼ばれる子どもの頃は可愛気があったから、来園客は子どもも大人も足を止めて、かわいい、かわいい、と柵の向こうから声をかけてきた。しかし、歳をとるとともに万次郎の前で長居する客はしだいにいなくなった。

「なにこれ？　ブタ？」

「イノシシだよ。デカいな」

「イノシシの肉って食べたことある？」

「一度だけある。あんまり美味しくはなかったな」

野性味を失った万次郎が一頭だけポツンと居るイノシシ舎の前で、よく交わされる会話だ。

「おれ、干支《えと》がイノシシなんだよ」

「『猪突猛進《ちょとつもうしん》』って言うけど。あなたからも、このイノシシからもイメージできない」

このパターンもよくある。どちらにしろ客は足を止めることなく、人気の動物、最近はレッサーパンダやカピバラなんかのところへ、さっさと行ってしまう。ゾウ、キリン、ライオンのように派手でなくても、趣向をこらした観せ方で人気となっている動物もいるが、イノシシはそれにもひっかからない。

若い頃は、いつかイノシシブームも来るんじゃないかと、それでも期待したけどな……。

万次郎は野菜を食《は》みながら思った。今は自分がなんたるかをわかっている。まず「イノシシ」という名前からして目新しさがない。黒い体毛のせいで印象も暗く、ブタほど愛嬌もない。犬よりもブタの方が頭がいいという説があるように、そのルーツであるイノシシも実は知能派なのだが、害獣と言われたり、汚らしいという古くからのイメージで、それも消されてしまっている。かといって、なんじゃこりゃ？　と話題になるほどルックスが奇妙だったりキモカワイイわけでもなく、動物園の動物としては中途半端だ。

もちろん人気がないからとエサを減らされるようなことは動物園ではないし、むしろ人気の動物はひっきりなしに人に観られるストレスで病気になりやすいとも聞くから、客も来ない静かな飼育舎で、食べて寝て過ごせる今の生活に、万次郎は感謝している。野生でいたら、人さまの作ったものだとわかりつつ空腹に耐えられず畑を荒らしたり、罠や猟師をつねに警戒しながら暮らさなきゃならない。ここで、たまに通りかかる子どもたちに、汚ねぇ！　黒ブタ！　と言われるぐらい、鼻を鳴らして笑って返せる。

「おまえが長生きしてるのは、幸せだからと思っていいかな？」

飼育員の星野《ほしの》にもそう言われて、万次郎は鼻先をあげて「ＹＥＳ」と返した。星野はちょっと不思議な男で、しゃべれない動物を相手にペラペラと話しまくる。この動物園のこと、他の動物園のこと、動物園の外で起きてること。しかし人間とはあまりなじめないようで、休憩時間も人がいないイノシシ舎に来て、携帯端末を見ながら彼は一服する。万次郎もそれをのぞき見るのが好きだ。星野が映像を見て笑うと、万次郎も一緒になって鼻を鳴らすので、星野は面白がっていろいろと見せるようになった。人間といる生活の方が長いため、人の言葉はすでに理解している万次郎だが、星野と一緒に映画やドラマを観るようになってからは驚異的に知能を高めていった。もし、動物学者が万次郎のことを研究対象にしていたら、大騒ぎになっていたかもしれない。けれどそんな希少なイノシシが動物園のすみっこにひっそり生きていることなど、誰一人として知らないのだった。

おれが死んだって、花を持ってくるやつなんかいないさ。星野さんは泣いてくれるかもしれんが。彼が面倒を見ている動物はおれだけじゃないし……。

新鮮な野菜と水で腹が満たされると、万次郎は寝そべるのに気持ちがよい砂場へともどろうとした。そのとき、柵の向こうになじみの顔があることに気づいて、彼は脚を止めた。

おっと、この娘のことを忘れていた。おれにもたった一人、ファンがいたっけ。

「万次郎、ひさしぶり！　元気そうだね」

二十代後半のショートカットの女は、柵ごしに手をふった。動物にたとえるならシカ系。すらりとしていて、人間にしては黒目がちだ。よく見ればかわいいのだが、スケッチブックを抱えて量販店の服を着ている彼女は、地味だ。万次郎がまだウリボウだったときからの常連客で、その頃からちっとも変わっていない。

初めてエリがイノシシ舎をのぞいたのは、彼女がまだ小学校の低学年のときで、やはりスケッチブックを手にしていた。写生会で動物園を訪れた子どもたちが皆、ゾウ、キリン、ライオンを選ぶ中、彼女は一人「ウリボウ」を描いた。後日、その絵が県のコンクールで大賞に選ばれたと、彼女はわざわざ万次郎に礼を言いに来た。

「ありがとう。わたし勉強も運動もダメで、はじめて人にほめられたの」

恩義を感じているのか、その自信を維持するためか、それからも彼女は万次郎に会いに園に通って来るようになった。しかし万次郎はというと、一年もしないうちに体毛が黒い剛毛に生え変わり、鼻もぐっと長くなり、かわいいウリボウから地味なイノシシになってしまった。変貌とともに、イノシシ舎をのぞく客は減っていったが、なぜかエリだけは変化に気づいていないかのように、相変わらずスケッチブックに万次郎の絵を鉛筆で、水彩で、クレパスで飽きずに描いて、満足げに帰っていく。

「かわってるねエリちゃんは。万次郎がお気に入りだなんて」

飼育員たちも不思議がり、万次郎も嬉しい反面、彼女のことが心配だった。

動物園に来てイノシシにしか興味がないなんて。おれは心配だよ、あの子のことが……。

その懸念が現実となったのは、エリが中学生のときだった。ある日曜日に、めずらしくスカートをはいて現れたエリは、同じぐらいの歳と思われる男の子をともなっていた。

おおっ。ついにエリにもボーイフレンドができたか！


万次郎は身を起こして、小走りに柵に歩みよった。どっから見ても初デートという感じで、彼氏の方も子鹿のようにかわいいエリと一緒で嬉しそうだ。

「わたしのお友だちを紹介するね。イノシシの万次郎っていうの」

エリは真顔で彼氏に言った。中学生の男子は一瞬黙ったが、

「ふーん」

と返した。まあ、妥当な返答だと万次郎は思った。

「万次郎、こちらヤマモトくん」

紹介されたので、万次郎は一応、鼻先を下げて挨拶をした。相手がわかったかはわからないが。ヤマモトは興味なさそうに万次郎を横目で見ていたけれど、言った。

「おれ、牧場でブタを見たことあるけど、ブタの方がかわいいよ」

それも妥当な感想だと万次郎は思った。だが、エリの表情がくもった。

「万次郎の方がぜんぜんかわいいよ！　かわいいし、すてきだし、かっこいい。イノシシって動物の中でピカイチじゃない？　イノシシを知っちゃうと、ゾウとかキリンとかライオン観ても、ちーっとも面白くない」

この発言に、ヤマモトもぎょっとしている。

「ズレてるのは知ってたけど、ここまでとは。顔はかわいいのに……」

エリに聞こえないようにヤマモトが呟くのを、万次郎の耳は聞き逃さなかった。一方、自覚がないエリは、熱い口調で続けた。

「万次郎はホントかっこいいと思う！　でもヤマモトくんも負けずにかっこいいよ。髪が黒々としてるとこなんか、イノシシそっくり！」

この言葉に一番ショックを受けたのは、言うまでもなくヤマモトだった。確かに彼の髪の毛や眉は剛毛で、イノシシな感じがしなくもない。

「冗談はよせよ」

ヤマモトはもちろん認めたくないようだった。そして、もうここには一秒も長居したくないというようにエリを促した。

「もう行こうぜ。おれ、シロクマが氷を食べてるところが見たい」

ヤマモトの提案に、万次郎も賛成した。自分をネタに二人がぎくしゃくするのをこれ以上見たくはない。演技派のシロクマが氷に飛びついてそれをかじるところは、誰が観ても楽しめると、星野もほめていた。デートならこんな地味なエリアにいないで、そういうエンターテインメント的なものを観て盛りあがるべきだ。が、

「なにそれ。そんなのつまんないよ」

エリは不機嫌に返した。

「えっ？」

「ブヒッ？」

ヤマモトと万次郎は同時に返した。

「おまえ、ホントに大丈夫？」

「観に行きたければ、一人で行けば。わたしは万次郎のところにいるから」

ヤマモトはあきれたように首をかしげて、行ってしまった。彼を追いかけるよう、万次郎は必死で鼻先をふってエリに伝えたが、

「万次郎の良さがわからないなんて、ガキだよね。あんな男とは別れる」

エリは万次郎に言って、微笑んだ。その後も高校、大学と、新しいボーイフレンドができるとエリは必ず連れてきて、万次郎に紹介した。そして、ほぼ中学のときと同じよ

うな流れになるのだった。その度に万次郎は先が思いやられるのだった。

ああ、この子の将来が心配だ……。

今日もイノシシ舎の前にある「エリ専用」と言ってもいいベンチに座り、スケッチブックに鉛筆を走らせている彼女を見て、万次郎は鼻でため息をついた。二浪しても美大に入れなかったエリは、美術系の専門学校に入り、卒業してからはずっとフリーターをしながらコンクールに応募したり、個展をやったりしている。けれど、小学校のときに描いたウリボウの絵以来、賞をとったことはなく、画商が訪ねてくることもない。

「バイトが忙しくてなかなか来られなかったんだけど。やっぱりこうやって万次郎をデッサンしてる時間が一番幸せだなぁ」

三十歳を前にしても未だ少女のようなエリだが、描く絵も小学生のときとさほど変わってないことが、大きな問題だ。イノシシの目から見ても、売れる絵じゃないのはわかる。

「今はわたしにとって苦行《くぎょう》のときだけど、将来、売れっ子画家になったら、万次郎を買い取って、そこから出してあげるからね」

お気持ちだけいただいときます。

万次郎はまた鼻から息を吹いた。イノシシの自分が鼻で筆を持って絵を描いた方が、まだ売れるかもしれない。

「でも、万次郎をあんまり待たせるのもかわいそうだから、もっと早く売れっ子になれる方法を、実は考えたの。絵本を描こうと思って」

エリは万次郎に告げた。「絵本」の言葉に彼はたれている耳をピンと立てた。そのベンチにエリが座ってないときは、イノシシなど目にも入らない子どもたちが座ってゲームをしたり、お気に入りの絵本を読んでいることがある。いつの時代も変わらず子どもに人気がある絵本。それなら多少絵が下手でも、子どもの心をつかむことができるかもしれない。賛同した万次郎は、

「ブヒッブヒッ」

鼻先をたてにふってエリに返した。

「もしかして『いいね』って言ってくれてる？」

「ブヒッブヒッ」

万次郎がくり返すと、嬉しそうにエリはベンチから立ちあがって、柵ごしに万次郎に顔をよせると言った。

「実はね、もうストーリーも考えてあるの。もちろん主人公は万次郎だよ」

「……」

万次郎は固まった。動物は天敵を見たり危険を感じたときに固まるが、同様に「エリの企画」に危ないものを感じたからだ。

おれが主人公？　そんな絵本、売れないって！　子どもに愛される動物はゾウ、キリン、ライオン、クマ、ウサギだろ！

「キーッ！」

万次郎はめいっぱい鼻先をよこにふって返した。エリはびっくりしたようだが、察したらしい。

「もしかして……『ダメだね』って言ってる？」

「ブヒッブヒッ」

「『ブヒッブヒッ』がイエスで、『キーッ』がノーね。すごい、万次郎とお話しできるようになった！　お互い長生きするもんね。これでいろいろ相談にのってもらえるわ」

変わり者のエリらしく、あまり驚きもしないで彼女は話をすすめた。

「でも反対されても、主人公は万次郎って決めてるの。昔、それで賞をとったんだから大丈夫」

万次郎は、キー、キー、と鳴き続けたが、エリは制した。

「とにかくストーリーを聞いてよ。万次郎がカフェのマスターをやってる、っていうお話なの。すてきでしょ？」

万次郎は、ぴたりと鳴くのをやめた。いかにもな設定だし、目新しくもない。やはり反対するべきだ……が、できなかった。


どうしてわかったんだろう？　カフェをやるのがおれの夢だって？

驚いている万次郎に、エリは微笑んで、

「なんで思いついたかっていうとね」

自分の後ろを指した。イノシシ舎から見えるところに、動物園の中の店にしては洒落た木造のカフェがある。それができたがために、客の動線がイノシシ舎からますます離れてしまったのだが、名物にもなっていて、子どもを連れてきた大人が喜ぶような本格的なコーヒーを出すという。売り上げの一部は絶滅危惧種《きぐしゅ》の保護に寄附されるらしいが、巷のカフェよりも美味い、と星野も言う。万次郎もコーヒーの香りが好きだ。ウリボウの頃に山で食べていたキノコを思い出す、あの芳《こう》ばしい香りがカフェの方向から漂ってくるようになって、万次郎の生活にささやかな喜びが増えた。

「万次郎、ぼんやりカフェの方を見ていることが多いじゃない？　あのお店が好きなんだよね」

「……ブヒッブヒッ」

万次郎はみとめた。高齢のゾウと同じように、愛されても愛されなくても、息絶えるまでこの動物園から出られないことを、彼も重々わかっている。けれど、かなわない夢を、見てしまうこともある。

もし、ここから出ることができたなら……いつか自由の身になれたとしたら……山に帰ろうか？　いや、今さら野生の生活にはもどれない。じゃあ、どうやって生きる？　エリは以前、カフェでバイトをしていると言っていた。そこで自分も雇ってもらえないだろうか？　最近はネコが駅長をやっていると、星野から聞いた。だったらイノシシがカフェで働くこともできるだろう。背中に物をのせて運べるし、きれい好きだから掃除も得意だ。そして、いつかは自分の店が持ちたい！　あのカフェみたいに洒落た店で、茶色で地味だけれど人を喜ばす芳ばしい飲み物を出すのだ。売り上げの一部は、野生のイノシシ保護のために寄附する。

柵ごしにカフェを見やっては、万次郎はそのようにかなわぬ夢を想い描いていた。エリが気づくぐらいに、何度も、何度も……。万次郎の小さな目から一粒の涙がこぼれ、それは黒い剛毛の毛並の中に消えた。エリに見えたかはわからないが、彼女はなぐさめるようにやさしく言った。

「万次郎。あなたのことを絵本にして、みんなに知ってもらいたいの。わたしに描かせてくれる？」

万次郎は鼻先をたてにふって返した。

「ブヒッブヒッ」

ふだんは砂場で寝てばかりいる万次郎が、運動場を落ち着きなく行ったり来たりしているので、星野は怪訝な顔で問いかけた。

「どうした万次郎？　まさかボケたんじゃないだろうな？」

キーッ、と万次郎が怒って返していると、

「万次郎、できたよ！」

エリが大事そうに絵本の下書きを抱えてやってきた。万次郎はイノシシらしく脇目もふらず彼女に向かって突進した。

「まだ下書きだけど、見てくれる？」

エリはページをめくって、柵ごしに万次郎にそれを見せた。

タイトル『万次郎カフェ』。

朝――カフェの店主万次郎が、鼻先でシャッターを持ち上げて開店。

午前中――豆を煎《い》るが、客は来ない。

昼――菓子を焼くが、客は来ない。

午後――客が来ないので、昼寝をする万次郎。

夕方――フリーターの女（エリにしか見えない）が来店。ようやくコーヒーが一杯だけ注文される。女は幸せそうにそれを飲んで、帰っていく。

夜――鼻先でシャッターを下げて、店を閉める万次郎。売り上げの三百円のうち百円を、『絶滅危惧種保護』と書いてある貯金箱に入れる。——おわり。

「万次郎、どう？　いいお話でしょ？」

「キーッ、キーッ、キーッ！」

万次郎は、鼻先をよこにふって、はっきりと評価を下した。

「だめ？　なんで？」

エリは首をかしげて自分の作品を見ている。よこで見ていた星野は黙っていられず口を出した。

「万次郎が怒るのもしかたないよ。そのまんまじゃない。あいかわらず絵も地味だねぇ」

「あなたの意見は聞いてません」

ムッとしてエリは星野に返した。

「万次郎を代弁して言ってるんだよ。なぁ、万次郎。楽しみに待ってたのに、こんなつぶれそうなカフェの話、イヤだよな？」

「ブヒッブヒッ！」

エリは困惑した表情で、万次郎と星野を交互に見た。

「万次郎はね、ぼくと一緒に映画やドラマをたくさん観てるから、けっこうきびしいよ」

「……でも、どうなおしたらいいの？」

エリに真剣に聞かれて、そう言われると万次郎も困り、助けを求めて星野の方を向いた。

「万次郎が人の言葉をわかってると、エリちゃんが信じてるんだったら、YES／NO疑問文で、彼に意見を聞いていけばいいんじゃない？」

エリは考えていたが、星野の提案を受け入れたようだった。

「じゃ、まずタイトルから。『万次郎カフェ』は、どうなの？」

「キーッ」

「ダメなのか。それじゃあ『カフェ万次郎』」

「キーッ」

「『サロン・ド・マンジロウ』」

「キーッ！」

「じゃあ……和風に『万次郎茶屋』ってのは？」

「ブヒッブヒッ」

「やった、ＯＫが出た！　じゃ次は、カフェにお客さんはもっと来た方がいい？」

「ブヒッブヒッ」

「そっか。来るお客さんは、どんな動物がいい？　リュウキュウイノシシはどう？」

キーッ！　と万次郎は叫び、なぜイノシシにこだわる、と星野も首をよこにふった。

「だいたい、その違いが描き分けられるの？」

エリは肩をすくめた。

「じゃあ……ハクビシンとか？」

「害獣マニア？」

と星野はつっこんだが、万次郎は、ハッと鼻先を持ちあげた。


よし、それでいこう！


エリが片っ端からあげる動物名から、ハクビシン、ネズミ、シカ、タヌキ、イタチ、カラス、アライグマなど、いわゆる害獣と呼ばれている動物に、万次郎は「ブヒッブヒッ」と賛成していった。それをメモしているエリも気づいて手を止めた。

「嫌われている動物たちのたまり場になってるカフェってわけね！　害獣の彼らが、絶滅危惧種の動物を救うためにコーヒーを飲みに来てるっていうのが面白いじゃない？　結局のところ、害獣も絶滅危惧種も、人間が増やしているというメッセージが入れられるんじゃないかしら？」

「ブヒッブヒッ」

「できたわ！　ついでにゴキブリもお客さんに入れるべき？」

「キーッ！」

エリは了解して、一から描きなおします、と子鹿が飛び跳ねるようにかろやかに帰っていった。

数週間後、コンクールに応募する絵本作品を完成させたエリは、万次郎と星野にそれを見せに来た。飼育員とイノシシは、真剣にページを追ってチェックして、それを見定めた。

「ブヒッブヒッ」

厳《おごそ》かに万次郎はそれに評価を下した。星野もそれに同意した。

「前のより、ぜんぜんよくなったよ。『万次郎茶屋』か。これなら絵本大賞もいけるんじゃないかな」

万次郎のおかげです、とエリは頭を下げた。そして万次郎に顔をよせて、ささやいた。

「賞とって、爆発的に売れてお金が入ったら、いつも約束してることを実現させるからね」

万次郎は、無言で鼻先を下げて返した。閉園の鐘が鳴り始めて、万次郎は星野に促されて、手をふるエリに見送られながら寝室に入った。

そうなれば、いいんだけどね……。

その夜、見回りに来た星野は、眠れず何度も寝返りをうっている万次郎に声をかけた。

「エリちゃんのことが心配か？　おれもだよ。ああは言ったけどさ……あのできばえじゃ、ちょっと入賞は難しいな」

ブヒッブヒッ、と小さく万次郎はそれに同意した。

おれはもう歳だからいいが、あの子はまだ若い。なんとか、エリだけでも人気者にできないものかな……。

☆

「エリちゃん、来ないなぁ。やっぱり落選しちゃって、きまりわるくて顔出せないのかねぇ」

イノシシ舎を掃除しながら星野は、万次郎が思っていたことを言葉にした。「いよいよ明日、発表だ」と言いに来てから、もう何ヶ月も彼女は姿を見せていない。

やっぱりダメだったか……。

ぼんやりと万次郎がカフェの方向を見やると、今日も名物のカフェを探す人間たちがうろついている。こっちじゃなくて、あっちだよ、と思っていると、そのうろついてる客が次々にイノシシ舎の前に集まってきた。

「カフェはあっちですよ！」

星野も指さして教えたが、みんな万次郎のところから離れようとしない。子どもから大人から、ぞくぞくと人が集まってきて、間違いなく万次郎のことを見て「あれだ」

「あのイノシシだ」「見つけたぞ」と騒いでいる。

「どうしたんだ？　皆こっちを見てるぞ。まさか万次郎、おまえ盗みでもしたのか？」

と言う星野に、キーッ！　と鳴いて万次郎が否定すると、

「おおっ！」

万次郎を観ようと集まってきた客が、いっせいに声をあげた。

「すごい、絵本のとおりだ！」

「ママ！　『万次郎茶屋』の万次郎がいるよ！」

「ホント、そっくりだわ！」

「万次郎、めっちゃかわいいっ！」

「万次郎、『ブヒッブヒッ』って言って！」

女子高生もアイドルを観るかのように騒いでいる。万次郎と星野がぽかんと口をあけて、これは夢だろうかとあっけにとられていると、名前をつけたとき以来万次郎を見に来たこともない園長が、人をかきわけてやってきて星野に告げた。

「たいへんなことになったぞ。『万次郎茶屋』って絵本がベストセラーになって、作者がテレビでモデルのイノシシは、うちの園のイノシシだって言ったらしい。開園前から、モデルのイノシシが見たいって人が押しよせている」

「『万次郎茶屋』!?」

星野と万次郎は顔を見あわせた。

エリが、ついに……！

その翌日、ようやくエリが姿を現した。少しやつれた顔をしているが、洒落た服を着て化粧もして、見違えるようだった。

「ごめんね、万次郎！ 受賞したこと知らせたかったんだけど、すぐに出版の準備に入ることになって。続篇もすぐに描けって言われて、カンヅメにされてたの」

「ブヒッブヒッ」

「『いいね』って言ってくれるんだね。ありがとう。今日は、ここで雑誌の撮影もあるの。万次郎とツーショットの写真が欲しいんだって」

エリは万次郎をじっと見つめた。

「自分でも何が起きてるかわからないけど、万次郎との約束を実現するためにも、このチャンスを利用するね。言われるとおりにして、がんばってみる」

エリを見つめ返して、万次郎も思った。

エリが注目を浴びただけで、おれは嬉しいよ。おれのことなんかどうでもいい。エリ

が動物園のゾウみたいに、誰からも愛される人気者になれたなら、おれは満足だ。

カメラマンがやってきて、万次郎はエリと一緒に何枚も写真を撮られた。『売れっ子絵本作家は、イノシシがお好き』という見出しとともに写真は雑誌に載り、星野は送られてきたそれを万次郎に見せた。

「『不思議ちゃん』って言われてるよ。彼女の時代がついに来たかな」

その雑誌の影響か、イノシシ舎の前は万次郎を観る客で、さらににぎわってきた。エリだけでなく万次郎の日常もすっかり変わって、彼も困惑していた。

落ち着いてメシも食えない……。

まず、園長の指示で給餌箱《きゅうじばこ》が新品になり、食事をしているところがよく見えるようにと放飼場《ほうしじょう》のすみからど真ん中に移されて、日中は常に人の視線を感じながら食事をしなくてはならなくなった。人気者だからとエサが増えることはなかったが、内容が変わって万次郎は驚いた。ご褒美なのか、客に対しての見栄《みえ》なのか、果物が増えてゴージャスになっている。おまけにストレスを緩和するためのビタミン剤のようなマズい薬がまぜられていることもあり、万次郎は閉口した。星野を見上げて不満をうったえたが、飼育員もため息をついた。

「おれも困ってるんだよ。ちゃんと掃除してるか、エサ食ってるか、寝てたら起こせ、走らせろって、もう園長がうるさくてさ」

万次郎も鼻から息を吹いた。柵の向こうを見やれば、目をきらきらさせている子どもたちがいる。「ブヒッブヒッ」とわざと鳴いてやれば、小さな手を叩いて喜んでくれる。期待に応えてやりたいが、四六時中じゃ、さすがに疲れる。ゾウ、キリン、ライオンの苦労が初めてわかった万次郎だった。皆から愛されるというのも、それはそれで大変なのだと。

売れっ子になったエリは、仕事の合間をぬってときどき万次郎に会いにきた。けれど、心ここにあらずという感じで、

「仕事しなきゃ」

と苦笑してすぐに帰ってしまうのだった。寂しいけれど、人気者になった証拠だと万次郎は思うことにして、自分も客に愛嬌をふりまくことに専念した。


とはいえ、おれはけっこうサービス業に向いてるかもな。本当にエリとおれとで『万

次郎茶屋』をオープンできる日が、近々来るかもしれない。そしたら星野も雇ってやろう。

　エリが迎えに来てくれる日を想い、夢がふくらむ万次郎だったが、あるときから、イノシシ舎の前に集まる客が、少しずつ減ってきた。星野もそれに気づいて言った。
「他にめずらしい動物でも入ってきたかな？」
　寂しくはあるが、万次郎は以前のようにイノシシ舎が静かになってきて、どこかホッとしていた。

人気がある動物を、園長だって手放そうとはしないだろう。もうじきエリが迎えに来てくれる……そんな気がする。彼女が姿を見せないのは、園長と交渉しているところなんだ。人気がなくなってきたから園長もじきに、おれのことを手放すさ。

　などと考えていると、小さな女の子が、絵本を抱えてこちらにやってきた。そして、星野と万次郎にたずねた。
「すみません。万次郎のお友だちのミヤコはどこにいますか？　ハクビシンのミヤコを観に来たんです」

女の子は絵本を見せた。表紙の絵を見て、万次郎は愕然《がくぜん》とした。表紙のハクビシンの絵は、間違いなくエリが描いたもので、タイトルは——。

「『ミヤコ美容院』っていうの。すっごく面白くて、大人気なの」

女の子は絵本をめくって見せた。

「おしゃれに自信がない動物たちが、ハクビシンのミヤコがやってる美容院に来て、きれいになるお話なの」

「どうりで最近、ハクビシン舎の前がにぎわってると……」

星野は言いかけて黙った。エリが心ここにあらずだったのは、ハクビシンをデッサンしに来ていたからだと気づいた万次郎は、力なく鼻先をよこにふった。

「……キー」

それは、消えそうに小さな叫びだった。


にぎわったことがあっただけに、イノシシ舎は前よりも静かになったかのように感じられた。それでもたまに万次郎を観にくる客はいたが、砂場によこたわったまま こちらをちらりとも見ない万次郎にがっかりして、再び訪れる者もいなくなった。そしてエリも……。

「万次郎、元気出して、もう少し食べてくれよ」

星野は万次郎をのぞきこんで語りかけた。

「……キー」

星野は、ため息をついた。

「元気がないおまえに、こんな話をしたくはないんだけど……実は、新入りのイノシシが来ることになったんだ」

万次郎は久しぶりに目を大きく開けた。

「山で罠にかかったイノシシを寄附したいって話があって。そいつは、若くてやたら元気らしい」

同居人ができるのか、と万次郎は興味を持って身を起こすと、星野を見上げた。だが飼育員の顔は暗い。

「だけどこのイノシシ舎は広くないし、二頭飼育する予算はないと園長は言ってる。今年は水族館をリニューアルするんで、けっこう金を使っちゃったからね」

万次郎は嫌な予感がしてきて、鼻先を下げた。

「……それで、園長は新しいイノシシに、『万次郎』って名前をつけるって言ってるんだ」

「キーッ、キーッ、キーッ!」

予感は的中して、万次郎は怒りまくって、砂を蹴散らかした。

「落ち着け、心配するな。おれが、考えなおしてくれるよう園長を説得してるから。だからおまえも、ここから追い出されないよう、エサを食って客に愛想よくして、がんばってくれよ」

星野がなだめて、万次郎は黙ったが、ますますエサを食べる気などなくなってしまった。その夜、万次郎は眠ることもできず、自分がこれからどうなるか思いを馳《は》せた。

おれは知ってる……。重い病気や高齢で看護が必要な動物は、動物病院というところに移されるが、たまに、元気で問題がないのに、そこに移される動物がいるということを。そして二度ともどっては来ない。おれの場合、処分されたら、やはりイノシシ汁となって社員食堂で提供されるんだろうか?

「……ごめん、万次郎」

泣いてイノシシ汁をすすっている星野を万次郎は想像した。

でも、それもいいかもな……。

万次郎は通気のための小さな窓から、星空を見た。すでに自分は老いている。自然界にいたらとっくに死んでいる身だ。罠にかかって、食われるか飼われるかという状況にある新しい万次郎に、この快適な環境を譲ってやるべきだ。万次郎は穏やかにそう思った。そして翌日から、エサを食べる量をさらに減らしていった。そして日中も、星野の声に反応を示さず、ほとんど微睡《まどろ》んで過ごすようになった。もうすでに自分は天国にいるのではないかと思うほど、あたりが真っ白になってきて、気が遠くなりかけたとき――、

「万次郎！」

忘れることのできない声を耳にして、万次郎は目覚めた。重たいまぶたを開けると、エリの顔が間近にあった。やはり天国に来たのだと思ったとき、

「万次郎、さあ起きて！　動物園を出るよ！」

エリが言って、ぴしゃりと万次郎の背中を叩いた。天国でも夢でもないようだ、と万次郎は信じられない気持ちでエリを見つめた。

「待たせてごめんね。準備はできたよ。園長も、もらってくれてありがとうって感じで譲ってくれたし」

エリのよこで星野も笑顔でうなずいている。そして、イノシシ舎の鉄柵の扉を開けてくれた。万次郎は起きあがり、エリに促されて、二十年近く住んだ場所をあとにした。

他の動物の視線をあびながら、万次郎は初めて動物園の中を歩いた。大好きなカフェの前を通ったとき、エリは言った。

「ここを出たら『万次郎茶屋』の店長になってもらうからね。わたしたち本当にカフェを始めるから。場所も見つけてあるの。この近くだから星野さんも休憩時間に来られるし」

万次郎は鼻先をあげて元気よく返した。

「ブヒッブヒッ！」

エリと星野をしたがえて、万次郎は動物園から出るために、正門へと向かった。ゆっくりとした歩調だが、イノシシらしく脇目もふらず真っ直ぐに門を目指す万次郎を、客も驚いて見ている。


出るぞ！　ついに「外」に！

万次郎は門から一歩、その脚を動物園の外へと踏み出した。そして残りの三本の脚も外に出た。そこは大きな広場で、忙《せわ》しげに人が行き交い、動物園の中よりもにぎやかだった。動物園ではあまり見ない犬が、人間と一緒に仲良く歩いている。イノシシかと思う速さで車が左右に横切っていくのも見える。人の声、機械音、音楽、未知の音。万次郎は全身で外界を感じた。

ああ、おれは自由の身だ……。

ふりむけばそこはまだ動物園なのに、空気の匂いがまったく違った。遠い記憶にある山の匂いとも違った。けれど、どこか懐かしかった。目をつぶって万次郎は爽やかな風に身をゆだねた。

「さあ行こう、万次郎」

エリは立ち尽くしている万次郎に言った。

「……キー」

小さく鳴いた彼は、目をつぶったまま動かない。もう少しだけ、万次郎は感動に浸っていたかった。ここでこうしていたかった。

「どうしたの万次郎？　お店を見に行くよ」

「……」

エリと星野は、動かない万次郎をのぞきこんだ。

「万次郎？」

星野も呼びかけたが、万次郎は剝製になったかのように動かなかった。そして、山が崩れるかのように、どさりと彼は地面に倒れた。門からわずか数メートル離れたところで、けれど確かに動物園の外で、自由の身で、イノシシの万次郎はよこたわり、命尽きていた。

「まんじろう！」

エリはイノシシの死骸を抱きしめて、名前を呼び続けた。どこかで予期していた星野は、静かにエリの肩に手をやった。

「奇跡なんだよ、ここまで長生きしたことが。エリちゃん、ありがとう。君のおかげで、万次郎は本当に幸せだった。最期まで」

エリの涙がぽたぽたと万次郎の黒い毛の上に落ちたが、吸い込まれるようにそれは消えた。万次郎が、泣くな、と言っているようだった。

エリというファンがいて、おれはすごく幸せだったよ。


そんな声が聞こえて、エリは涙をぬぐって顔をあげた。動物園に来た人や通りがかった人が、万次郎の亡骸《なきがら》を見つけて集まってきている。老イノシシを何重にも取り囲んで、気づけば大勢の人間が悲しげな顔でその死を悼《いた》んでいた。

「万次郎、たくさんの人が、おまえの死を悲しんでくれてるよ」

語りかけると、万次郎の顔が微かに笑ったようにエリには見えた。――おわり。

☆

「『笑ったようにエリには見えた。――おわり』」

イノシシ舎の中で、小説『万次郎茶屋』を朗読していた星野は、鼻をすすって帯がまだついている新刊を閉じた。

「いやぁ、何度読んでも、いい話だなぁ」

その朗読を聴いていた万次郎とエリも、鼻をすすって、うなずいた。気恥ずかしそうにエリは言った。

「自分で書いたのに、泣ける」

「ブヒッブヒッ」

「ベストセラー作家になった気分はどう？　アニメ化も決まったんでしょ？　正直、絵本にしなくてよかったと思うよ」

エリは万次郎を見て苦笑した。

「絵本大賞に応募しようと思ったけど、万次郎も星野さんも何か言いたそうで。わたしも送るときになって自信がなくなっちゃって」

万次郎は申し訳なさそうに鼻先を下げた。

「もう一度ここに来て『もしかして、わたしって絵が下手なの？』って思いきって聞いたの。そしたら『ブヒッブヒッ』って即答された」

「で、考えなおしたの？」

「『絵描きは向いてないのかな？』って聞いたら、また遠慮なく『ブヒッブヒッ』って。じゃあ、なにが向いてるのか、片っ端から職業をあげていったら」

「『小説家』のところで『ブヒッブヒッ』？」

「そう。万次郎が言うなら小説を書いてみようと思いなおして。自分と万次郎のことをそのまま書いて、新人賞に応募したら、受賞しちゃった」

『万次郎茶屋』の本を星野から渡されて、エリは表紙を見つめた。著者名は『エリ&万次郎』とあり、帯には重版の文字が躍っている。

「第一稿はハッピーエンドだったんだけど、読んで聴かせたら万次郎にダメだしされて。殺せって。大正解だったみたいね」

「彼はプロデュース能力があるみたいだな」

星野はエサを食べに行く万次郎を見て言った。小説の中と現実は違って、変わらずすみっこにあるボロボロの給餌箱で普通のエサしか与えられていない万次郎は、固いイモを食みながら、解せないという顔をしている。


小説にあるみたいに、モデルになったおれも注目されると思ったんだけどなぁ。本が売れても、おれを観にくる客なんかぜんぜんいないし……。


万次郎が思ってることを星野が言葉にした。

「おれもモデルになってるからさ、取材とか来るんじゃないかなとちょっと期待しちゃったけど……まったく来ないね」

　エリは首をよこにふった。

「お話みたいにはいかないよね。売れたっていったたって、たかが知れてるし。ベストセラーは他にもいっぱい出てるし。本もアニメも次々に新しいのが出るから、すぐに忘れられちゃう」

　エリはすまなそうに万次郎を見た。

「ごめんね。お金は入ったけど、万次郎と一緒にカフェを始めるには、あと十冊はベストセラー出さないと。まあ、がんばるから待っててよ」

「キーッ」

　万次郎は鼻先をよこにふって返した。

「そんなに待てないって？」

「キーッ、キーッ」

「そういうことじゃないと思うよ」

　星野が察して、説明した。

「『がんばらなくていい』って万次郎は言ってるんじゃないかな？」

「ブヒッブヒッ」

　万次郎は鼻先をたてにふった。とはいえ、エリと一緒に物語を書いてみて、人気者になることのむなしさもわかってしまったのだ。

なにより、エリが売れっ子になってここに来なくなったら一番つまらん、とわかったからね。エリが来て、下手でもおれの絵を描いてくれる。それがなにより嬉しいことなんだって、わかったよ。


万次郎はエリを見つめた。

「そうなの万次郎？　だったら……わたし、すごく嬉しいな」

エリは自分の本を星野に返して言った。

「そこそこ売れたから、早く次の本を書けって出版社に言われてるんだけど。わたし、やっぱり……絵を描きたいの。それで有名にならなくても、食べていけなくてもいい。万次郎の絵を、描き続けたい。それがわたしにとって、すごく幸せな時間だから」

彼女も思いは同じだと知り、万次郎は感動して、ぴくりとも動けなかった。

「……ブヒッブヒッ」

としか返せず、万次郎はこのときほど人間の言葉がしゃべれないことを残念に思ったことはなかった。

「万次郎、いい？　また明日もここに来て？」

笑顔で聞くエリに万次郎は、ブヒッブヒッと鼻先がちぎれんばかりに何度もふって返した。そのよこで星野は、また鼻をすすった。

「小説より泣けるね……」

じゃあ、また明日、とエリは元気よく手をふって帰っていって、幸福感に満ちて万次郎はお気に入りの砂場でよこになった。動物園に来てよかったと、初めて心から思えた万次郎だった。……そして次の瞬間、イノシシは悟った。自分の命が、もう長くないということを。野生の動物と同様に、本能が彼にそれを告げたのだ。


そうか……いよいよ、おむかえが来るのか。

万次郎は幸せな心持ちのまま受け入れた。もしかすると、亡くなった高齢のゾウも、あの歳で初めて「動物園に来てよかった」と思って、そのときに命が尽きたのかもしれない。万次郎のところにも、それが来ているのがわかる。数週間後か、数日後かは、わからない。でも、明日はまだエリと会える気がする。まだ何回かは、下手な絵のモデルになれるだろう。思い残すことはもうなかった。

………ハッピーエンドは、門の外にあるとはかぎらないんだなぁ。「万次郎茶屋」は、ここにあるってことだ。まあ、わかってたけどね。

閉園の鐘を聞きながら、万次郎は小さな目を閉じた。

私を変えた男

【自分と違うタイプの人を好きになってしまう。YES or NO？】

　居酒屋の座敷で背筋を伸ばして座っている紗香《さやか》は、自分がその場に馴染んでいないことはわかっていた。同好会のOB、OGが集まるからといって、十年以上も前に卒業した大学の飲み会に参加するなんて、普段の彼女からしたらありえない。めずらしい人が来てる、と皆からも言われ、紗香は正直に、同窓会的なものには今まで興味がなかった、と告白した。

「じゃ、なんで今回は来たの？」

　かろうじて顔だけは覚えている先輩の一人に、紗香は聞かれた。

「なんとなく」

　と言ってごまかしたが、元夫が再婚するらしいと、知人を通じて知ったばかりでなかったら、こんなところには来なかっただろうと紗香はこれも自覚していた。想像していた以上に宴会は騒がしく、誰もがスマホを出して、今流行《はや》っているという「性格診断」

などを始めて大笑いしている。来たことを後悔し始めた紗香は、帰るタイミングを探して、後のりのメンバーがどやどやと来たタイミングで、幹事に会費を渡して席を立った。

喧騒から逃れて履物を探していると、

「お帰りですか？」

後ろから声をかけられて、紗香はふりむいた。斜向《はすむ》かいに座っていた男が微笑んでいて、やはり帰るようだった。

「そちらも？」

背の高い男に、紗香も笑顔で返した。その男も姿勢がよすぎて、自分と同様にどこか浮いていたからシンパシーを感じていたのだ。けれど彼の顔も名前も、学生の頃の記憶にはなかった。

「すみません、お名前を覚えてなくて。先輩でらっしゃいますよね？」

「いえ、ぼくは同好会の者じゃないんです。卒業生だけど、人数が足りないからって友だちに呼び出されて」

充分足りたみたいだから、と言う彼と一緒に、紗香は店を出た。

「それは、呼び出されて追い出されて、お気の毒に」

いいんですよ、と男は笑って、二人は駅に向かって歩き始めた。自己紹介をしてなかったですね、と紗香は足を止めた。

「どちらにしろ後輩になると思いますが、吉川《よしかわ》紗香です」

「ぼくは、平井広《ひらいひろし》と言います」

「あの……お急ぎでなければ、もう一軒、行きませんか？　お詫びに一杯おごらせてください」

なんでそんなことを言ってしまったのか、一番驚いているのは紗香自身だった。が、

「それは嬉しいですね」

平井と名乗った男は、ごく自然に返した。その長年の友人のような態度は、自らの行為にドキドキしている紗香を安堵させ、

「高くない店にしましょう」

彼がそう言ってくれたことで、また気がらくになった。高い店に男と女が二人で入れば、それらしくなってしまう。ピザが五百円と看板にある、間口の広いバルを見つけ、ここならワインをデカンタでおごれそう、と紗香は言った。

「誘ってもらっただけで、充分です。割り勘で」

平井は首を横にふり、二人は奥の席に通されると、赤ワインとマルゲリータを一枚頼んだ。注文したものがテーブルに並ぶと不思議と緊張感がやわらぎ、紗香は相手のグラ

スにワインを注いだ。

「初対面の人を飲みに誘うなんて、自分でもなにやってるんだか。でも、このまま帰るのも……」

飲まないうちから顔が赤くなってるのではと、紗香は手で自分の顔を扇いだ。平井も紗香に注いで返した。

「今日はチャレンジをする日のようですね。興味のない飲み会に来たり」

話を聞いていたのだな、と紗香はますます顔が熱くなってきたが、まあ、ここまできたらとことんバカをやってみよう、と分厚いグラスに注がれた安ワインを口にした。

「そうなんです。私なりに思うところがあって、今日は来たんです」

「それそれ。さっきは適当に返してましたけど、なんで来たのか、本当のところを聞きたかったんですよ」

平井はピザの上のチーズが糸を引くのを器用にたぐりながら返した。紗香はギョッとした。

「え、なぜ？」

「そういうところに、ぼくは興味があるんです。物書きなもので」

「作家さん、なんですか？」

「まあ、そんなもんです」

「そうですか。でも個人的な、面白くもないことですけど」

「無理にとは言いませんが」

紗香は思案していたが、請《こ》われて話すなら、そこまでバカらしくない行為かもしれないと、一つ咳をしてから打ち明けた。

「私、バツイチなんです。その別れた夫が、近々再婚するらしいと聞いて。それで」

「ああ、なるほど」

「違うんです。ショックを受けて飲みたくなった、とかじゃなくて。説明すると長くなるんですが」

イタく思われないよう、つとめて淡々と語りながら、紗香はピザをフォークで切った。

「手で食べた方が、らくですよ」

平井は紙のおしぼりを紗香に差し出した。紗香はフォークを置いて、それを受け取った。そして相手を見て、リラックスしていてもこの人は姿勢がよいのだ、と思った。

「……元の夫、拓真《たくま》と出会ったのも居酒屋でした」

☆

拓真と出会ったのも居酒屋、でも東京ではなくて、女友だちと行った旅行先の沖縄、那覇で入った店でした。那覇から離れたところにある水族館に行こうかどうしようか、二人で地図を見て迷っていたら、

「水族館おすすめですよ。割引券があまってるんで、よかったら」

隣りの席で飲んでいた男性のグループが声をかけてきたんです。割引券を私に差し出したのが彼でした。彼らも東京から来たようで、同じ二十代後半ぐらい。旅先だと気分が盛りあがってて、普段は話さないような人とも仲良くなってしまう、っていうやつです。彼らは仕事仲間みたいで、チケットをくれた彼は電気屋さんでした。家電を売る電器屋さんじゃなくて、建物の中の配線工事などをする、電気屋さん。私も自己紹介して、新エネルギーの開発などをやってる事業グループにこちらは勤めているので、

「同じエネルギー関係ですね」

笑って名刺を交換しました。今考えたら私たちの共通点は、本当にその「エネルギー」ぐらいでした。

旅行から帰ってきてからふと、実家の屋根裏にネズミが出て配線を齧って困る、と言ってたのを思い出して、駆除会社をご存知ですか、ってメールで彼に聞いてみました。そしたら彼が自ら実家を見に来てくれて、屋根裏をのぞいて穴をふさいでくれたりして。お礼にお食事でも、なんてことをやってるうちに、おつきあいが始まったわけです。とはいえ、那覇の居酒屋で会ったときからお互いに気にはなってたんだと思います。

拓真は寒い地方の出身で、工業高校を出て、東京で就職して、転職を経て、今は小規模の電気屋さんで働いてるという経歴。私はというと都会で生まれ育って、受験校から私立大学に入って、大企業に就職して、同僚の男には負けまいとがんばってた頃。鼻っぱしが強かったから、会社の男性陣からは毛嫌いされてたでしょうね。でも拓真は私のことを、

「がんばり屋さん」

と言ってくれて、年上の上司よりも私のことを見守ってくれている感じでした。そうなんです。自立してることをアピールする反面、男性に守られたいと思っている、そんな古典的な女なんです、私は。だから職場でがんばってただけに、拓真にメロメロになってしまった。体を使って仕事をしているというのもカッコよくて。あなたみたいに背が高いけど細身で、狭いところできゅっと体を小さくして作業をしている姿も、またい

いんです。私は机上の勉強ばかりしてきたから、ハードができるって強いなと思いました。拓真の友だちも、整備士とか大工とか体を使って働いてる人が多く、週末もみんなで体を動かして遊ぶんです。野球、サッカー、冬はスノボー。私は最初は見ているだけでしたけど、気兼ねない人たちだから、下手なりに参加するようになりました。私が息切れしていると、新エネルギーはもたないな、って笑われて。でも芝生の上を走るなんて久しぶりで、すごく楽しかった。その後に飲みに行けば、お酒には強いので立場回復です。先に酔いつぶれてしまう拓真を介抱してると、頼もしいと言われたり。彼が行くところに私を伴ってくれるのが嬉しかった。

逆に私も、自分の友だちに彼を紹介しました。皆を招いて私の家で食事したり、友人の個展やライブにも一緒に行って。拓真は自分のことをペラペラ話す人じゃないから、私が話さなきゃ、彼が電気屋だとは誰も思わなかったみたい。

「同じエネルギー関係です」

彼は冗談半分に自己紹介してました。言葉数は少ないけど気がきくし、カッコいいし、私は友人からうらやまれました。彼の学歴や仕事のことを知ったあとも、それはあまり変わらなかった。あくまで旦那ではなく恋人だから、というのがあったのでしょう。

出会ってから一年以上経って、それだけ時間をともにしていれば、やはり「結婚」という文字が見えてきてました。拓真の友人には、いつなんだ？　と会うたびに冷やかされるし。でも、彼からプロポーズされることはありませんでした。その理由は、たぶん私の実家にありました。

「電気屋さんは、出身はどちらなの？」

「お父さん、電気屋さんがいらしたわよ」

「電気屋さんは——」

最初に電気屋として来たからしょうがないけれど、うちの両親は、私が拓真とつきあい始めても、かたくなに彼のことを名前ではなく「電気屋さん」と呼び続けました。うちの親は、職業や学歴で差別をする人たちではないのだけれど、自分の娘が結婚する相手ではないと思っているようでした。……でも、それは結局、差別してるってことなのかな。私も弱くて「名前で呼んでよ」と親に言えない、ふがいなさ。それに、彼を正式に「紗香の恋人」と認めることになったら、もっと気まずい雰囲気になりそうな気がして。そんなこともあり、私も実家にあまり寄らなくなりました。

逆に、私が拓真の実家を訪ねたときも、また複雑でした。前に学会で来たことがある場所でしたが、そのリゾートホテルがあったエリアとは駅をはさんで逆側で、大型店が並ぶ国道から、畑や雑木林が続くだけの田舎道に入って、向かう車の中で、こういうところで育つのは、どういう感じなのだろうと思いました。東京よりゆとりがある、でも造りは質素な家に着くと、次から次に料理が出てきて、もてなされました。野菜がたっぷりの煮物を見て、言わないけど拓真は、私が作るパスタやアジアン料理より、こういうものが食べたいんだろうな、と思いました。作り方を聞くのも嫁気取りな感じがして、ひたすら「おいしい」を連呼していると、

「拓真が東京から女の子を連れてくるなんて初めてよ」

お母さんに言われて、こちらでは私を未来のそれと考えているんだとわかりました。ここでもお酒に強いことが喜ばれて、彼の実家に馴染んでいる自分が嬉しかった。彼の生まれ育った環境を知ったことで、また二人が親密になった感じがして。自分のそれと、どのくらい「違う」かなんて、そういうときは考えがおよばないものです。そして帰りの新幹線の中で、ちょっとした達成感に浸っていた私は、酔いが冷めてない彼の横顔を見て、何気なく聞いたんです。

「ご両親はお酒に強いのに、拓真だけ弱いのね？」

彼は窓から夜景を見ていましたが、こちらを向いて微笑みました。

「おれ養子なんだよ。血は繫《つな》がってないから」

私は驚いて……そうなんだ、とだけ言って返しました。そのあと何を話したかは覚え

てませんが、毎日のように一緒にいる人でも、知らないことばかりなんだと思ったのは確かです。それ以降、彼からの連絡は途切れがちになり、私もこの先どのように拓真とつきあったらいいか不安になってきて、こちらからも連絡をとるのをやめました。そしたら、ある夜、彼が突然私の部屋を訪ねてきて、玄関を開けるなり、

「結婚してほしい」

プロポーズされたんです。私は涙ぐんで、うなずきました。

親に拓真と結婚すると知らせると、予想はしていましたが静かに反対されました。父も母も私に説きました。

「結婚は恋愛とは違って生活をともにすることだから。自分と似た歴史を持っている人や、同じ地域で生まれ育った人と暮らすのが、苦労もなく幸せでいられると思うの」

「自分にないものに惹《ひ》かれるのはわかる。だが、価値観の違いで互いに我慢することになれば、どちらにとってもそれはマイナスになる」

私は生まれて初めて、両親に怒鳴って返しました。

「どうして私が選んだ人を、一緒に好きになってくれないの？」

でも怒るってことは、私の中にも不安みたいなものがあったからかも。ゆるぎない愛だったら、親になんと言われても気にしないで笑っていられたと思います。

とはいえ両親も一人娘の結婚だから、式には出席してくれました。拓真も、手放しで喜んでくれる両親と友人、仕事仲間を招待して、私は一般の形にのっとって親戚と上司なども呼びました。なので、それなりに大きな式になってしまって、幸せでしたけれど、主役である拓真が、どこか遠慮がちなのが気になりました。もっと堂々としていて欲しかった……。新婚旅行は二人が出会った沖縄に行って、新居にマンションを借りて、結婚生活が始まりました。

「これから朝食はパンでいい？」

「うん、いいよ」

彼は不満を言うことはありませんでした。けれど、何か言いたそうな雰囲気が常にあり、すっきりしない私にも不満がたまっていきました。それから離婚にいたるまでの流れは、ご想像できると思います。「好きになったところ」が「自分と合わない嫌なところ」に、すべてひっくりかえっただけですから。

☆

紗香はウェイターを呼んで、今度は白で、とワインのデカンタをおかわりした。

「やっぱり、おごらせてください、今夜は」

「お強いのなら安心です」

知り合ったばかりの男、平井は微笑み、紗香はため息をついた。

「子供でもいたらまた違ってたと思いますが。私も仕事が忙しかったりして。さらに収入格差も開いてきて、どちらがどちらの経済レベルに合わせてもストレスになるし。お金を何に使うかも価値観が違うと不満になるし。うらやんでた友人たちも、彼が夫となると、大丈夫？　なんて口を出してきたりするから、不安があおられて……」

そんな細かい話はつまらないので、と紗香は口を閉ざした。

「離婚にいたる、典型的なケースの一つですね」

物書きであると言うだけに、あっさりと平井は言った。

「ええ。箸の上げ下げまでが気になるようになる、ってやつ。両親に言われたとおりになってしまった。自分から離婚を切り出したことも後悔はしてないし、時間も経ったのでもういいんですが。彼が再婚するらしいと聞いたらさすがに動揺しちゃって」

紗香は無理に笑って、それは苦笑になった。

「彼は、拓真は、今度はどんな女性を選んだんだろう……って」

「それで、あなたも母校の飲み会に来たんですね」

「ええ。わかります？」

紗香に平井はうなずいた。

「元のご主人も、おそらく今度は『価値観が近い人』を相手に選んだに違いないと、あなたは思ったんですね？　それで自分も負けずに、バックグラウンドが似ている男性を見つけてやろうと、勢い込んで来た」

「お恥ずかしいですけど、そのとおりです」

酒のせいではなく、また自分の顔が熱くなるのを紗香は感じた。

「うちの大学は地元の人間が多いし、同じ学歴と経済レベルの男性を、あなたも再婚相手にと、探しに来たわけだ」

「自分でも、なにバカなことしてるんだろうって」

白ワインが運ばれてきて、紗香は自分のグラスに注いだ。

「昔からあの同好会のノリにはついてけなかったし、話ができるような人もいなかったのを来てから思い出しました。だいたい、みんな結婚しちゃってるし」

平井はグラスを差し出して言った。

「ぼくは同好会のメンバーじゃないし、まだ独身ですよ」

紗香はデカンタを持ち上げたまま、思わず相手を見た。

「そう、ですか」

平井は、ふふっ、と笑った。紗香も冗談だと受け止めたことにして、

「じゃ、あなたを誘って正解でしたね」

笑って返した。平井は微笑んだまま黙っている。紗香は視線をそらして言った。

「正直、もう結婚は難しいかもしれないけど、でも、つきあうなら今度は似たような価値観を持ってる人を選ぼうと思います。その方がやはり幸せになれるんじゃないかな」

平井は、そうですか、と初めて椅子の背にちょっともたれた。そして何か思いついたようにスマホを出した。

「さっき、みんながやってた性格診断ってやつ、吉川さんはどのタイプでしたか？」

いきなり話題を変えられて、紗香は戸惑いながら返した。

「興味ないから、やってないです」

「答えるだけだから、ちょっとやってみませんか？」

はあ、と乗り気ではない返事にかまわず、平井は画面の文字を読んだ。

「『泣ける映画やドラマが好きだ。YES or NO』」

「NO。映画もドラマもあまり観ないし」

平井はタップして先に進んだ。

「『直感で判断することが多い。YES or NO』」

「うーん、NO」

「『イヌ派? ネコ派?』」

「動物は飼ったことないけど、ネコ派かな」

「『余暇は一人でいることが多い。YES or NO』」

「YESかな」

平井はさらに質問を続けて、紗香はそれに答えていった。

「……はい、診断が出ました。紗香さん、あなたはCタイプです。『サイレント合理主義型』」

ふーん、とだけ紗香は返した。

「平井さんは、なんだったんですか?」

「ぼくはDタイプ。『ファンタジー理想主義型』」

「全部でいくつあるんですか、そのタイプは?」

「ABCDの、四つです」

「四つだけ?」

紗香はあきれたような口調で言った。

「これだけいる人間を、四つに分けるなんて乱暴すぎる」

「ぼくも、そう思ったんです。でも、紗香さん。あなたはもっと乱暴な分け方をしてるじゃないですか」

「私が？」

紗香はきょとんとして、相手を見た。

「ええ。自分と価値観が『同じ』か『違う』の二つに、男を分けてましたよね？」

それは……と紗香は反論しようとしたが言葉が続かず、黙ったままワインをグラスに注ごうとすると、デカンタはすでに空だった。

「よろしければ」

やや身を乗り出して、平井は言った。

「もう一軒、行きませんか？　お強いようだから誘いやすい。今度はぼくのおごりで。もう少し、落ち着いた店で」

彼の笑みがちょっと恐いように紗香は感じた。けれど、伝票をさっと取りあげて言った。

「ええ。よろこんで」

馴染みの店があるのでそこにしましょう、と平井は言って、紗香に断りもせずに、もう手を挙げてタクシーを止めていた。

「時間がもったいないから車で」

うながされて一緒に乗り込み、知りあってまだ数時間の男と並んでシートに座った紗香は、自分らしくないことをしたがために、とんでもなく危《あやう》いことになってるのではないだろうかと、急に心配になってきた。

「新しい店を開拓しないからダメですね。若い頃は全てを知りたくて夜の街を歩きまわってたのに」

平井は変わらず穏やかに語っている。

「そうですか」

紗香は気のない返事をしながら、ひとけのない場所にでも連れて行かれるのではと案じたが、タクシーは私鉄駅の繁華街へと向かい、危険を感じるほど暗くもない裏道に入ると、バーらしき店の前で、平井は車を停めた。洒落た小さな看板があり、オーク材の扉を開けて入ると、ほどよい照明の下に清潔感のあるカウンターがのびていて、テーブル席もいくつかあった。客も二、三人いる。

「いらっしゃい。おや、女性が一緒?」

年配のバーテンダーが、こちらを見て目をぱちくりしている。他の客もそれを耳にして、一斉にこちらを見た。

「あ、ほんとだ」

「平井さん、久しぶり」

「彼女できたの？」

どうやら皆、顔見知りのようだ。

「残念だけど彼女じゃないんだ。ナンパされたの、おれ」

「ナンパじゃないです。私から誘ったのは本当ですけど」

紗香は否定したが、よかったじゃない平井さん、と皆は笑ってる。悪くない雰囲気だった。紗香は平井と並んでカウンター席に座った。

「彼女、けっこう飲むみたい」

「いいお客さんだ」

バーテンダーは紗香が注文したハイボールを嬉しそうに出した。

「いいお店ですね。あたたかい雰囲気で」

紗香の言葉に、平井は微笑んだ。

「君が言うところの、バックグラウンドが同じ連中が集まる店でね」

「そうなんですか？」

「職業はまちまちだけど。あいつは動物園の飼育員。奥の席の男は、カウンセラーをやってる。あの茶髪の中年は、ああ見えて会社の部長」

紗香は、出身地が同じなのだろうかと、なごやかに飲んでいる彼らを見た。タクシーの中で平井を疑ってしまったことを今は申し訳なく思い、紗香は埋め合わせるように聞いた。

「自分のことばかり話しちゃって。平井さんのことは、まだ何も聞いてないので。どういうものをお書きになっているんですか？」

「色々だけど。君はどんな小説が好き？」

「あの、小説はあまり読まないんです。読むのはビジネス関係の実用書ぐらいで」

「そうかぁ」

「すみません」

謝ることじゃないけど、と平井は紗香の顔をじっと見ていた。

「じゃあ……今、執筆中の新作の内容を、特別に教えちゃおう。紗香さんも、ご自分の話を面白く語ってくれたから」

夫と別れた話が面白かったと言われて紗香は複雑だったが、さきほどの店のワイングラスとは雲泥の差の、薄氷《はくひょう》のようなグラスを唇にのせて、彼が語るのを待った。平井は酒を一口飲んで喉を潤《うるお》してから始めた。

「えー、宇宙のどこかに、ボロリン星という惑星がありました」

紗香はぽかんと口を開けて平井を見た。彼はうなずいて返した。

「そう、ボロリン星という星があったんです」

☆

あった、というのは今はもうないから。生き物が住めない死の星になってしまったんだ。ささいなことで戦争をくり返して、資源を使い果たしてね。でも、滅びる直前まで、ボロリン星人たちは、どうにかなるさと深刻には考えてなかった。それよりも、身近な問題の方が大事だったんだ。隣人が境界線を越えて踏み込んできて困るとか、パートナーと価値観が合わないとか、そういうことの方がね。でも、中には危機感を抱いている者もいた。彼らはボロリン星に住めなくなる日が来ると予測していて、遠い銀河の果てにあるという「幻の青い星」に移住することを真剣に計画していた。幻というだけあって真偽はわからないが、他の星の生命体もその青い星のことを噂していて、「楽園のように美しい星で、資源もまだ豊富にある」という話だった。存在するかはわからなかったけれど、ボロリン星人の勇気ある者たちは、自分たちの星を捨て、生き残りをかけてそこへと旅立った。

結果、その星は幻ではなく本当にあった。けれど残念なことに、楽園であった頃から時が経ちすぎていて、「青い星」もボロリン星と状況はさほど変わらない状態にあった。長い旅の末ようやくたどり着いたのにその現状を見てボロリン星人たちはがっかりした。

「結局、どこも同じなんだな」

と誰かが言った。でも、それに対して別の者が言った。

「でも、この星はまだ可能性が残ってる。おれたちが滅びた星から来たことをこの星の住人に告げて、同じ道を歩まないよう教えを説こう」

今度は年寄りのボロリン星人が口をはさんだ。

「待て待て。そんなことをしても、パニックになるだけだ。見てみろ、この青い星でも自分を守るために他人を排斥して隣人どうしが戦っている。今度は空からよそ者が侵入して来た！　と脅えて攻撃されるだけだ」

「じゃあ、どうしろと？」

「時間はまだあるから、草の根運動でいこう。ここの住人『青星人』と『ボロリン星人』は幸い、似たような進化を経ていてフィジカル的にも似ている。こっそり彼らの中に紛れ、それとなく教えを説いて、彼らの意識を地道に変えていくしかない」

そんなのは気が長すぎる！　彼らが変わる保証はない、と反対意見もでたけれど、とりあえずは青星人のリサーチもかねて、試してみようということになった。

移住してきたボロリン星人は、子供も大人も密かに青星人になりすましてスパイのように星のすみずみに散らばって溶け込んだ。ちょっと不思議な力を持っているということ以外は本当に違いはないので、気づく青星人はいなかった。

「最近、ちょっと変わってる人が多いなぁ」

ぐらいにしか思われなかった。目立たないていどに不思議な力を使い、地道にその意識を変えることで、ずいぶんと青星人の意識は向上した。けれど、環境破壊が進むスピードには勝てず、戦争が完全になくなることも残念ながらなかった。

「もう待てない。もっと具体的なメッセージを送り、自分たちの存在を明らかにして、実力行使に出るしかない」

と強行的な姿勢に変わっていくボロリン星人も出てきたが、一方では、

「確かに彼らはダメな種族かもしれない。だが自分たちにはないものを持っている」

ともに暮らすうちに青星人の魅力を知った者も多く、希望を捨てようとはしなかった。

「彼らは、いつか気づいてくれる。そう信じている。もうちょっとだけ待ってみよう」

☆

「できてるのは、ここまで。まだ完結してないんだ」

平井はグラスの中の氷をカランと鳴らした。

「そのお話は……」

紗香は、自分のグラスを見つめて言った。

「今、作ったんじゃないんですか？」

やや強い口調に、バーテンダーがちらりと紗香を見た。

「些細《ささい》な価値観の違いで、元の夫を受け入れられなかった心の狭い私を、排他的だと、遠回しにそうお説教してるんですか？　考え方を変えろと？」

平井は首を横にふった。

「いや、本当にそういう物語を」

「バカじゃないですから」

紗香はそれきり黙って、酒をあおり続けた。そして呟くように言った。

「私だって、新エネルギーの事業に関わってる者です。地球の将来を考える仕事ですし、それに付随して、国同士の軋轢《あつれき》とかも知ってるし、人間の過ちを深刻にとらえ、平和を望んでます。でも、パートナーと合わないことも自分にとっては大きな問題なんです」

「それは、つながってることなんだよ」

平井は言った。

「ほら、説教したいんじゃない！」

紗香はすわった目で、彼を指さしたが、相手は表情を変えずにくり返した。

「ホントに、そういう物語を書いてるんだよ」

紗香は無視して、おかわり、とバーテンダーに頼み、新しい酒をまた口にした。もし、と平井は言ってから、ちょっと考えていた。

「……もし、君が、ぼくのことを好きになったとして」

紗香は平井を見ずに返した。

「ありえません」

「もし、の話だから。学歴が同じだから、同じ東京生まれだから、価値観が同じだから、ってだけで、ぼくと結婚したとしよう」

完全な沈黙で紗香は応じた。平井はかまわず続けた。

「そして、ある日、ぼくは君に告白するんだ。実は、ぼくは他の星から来た者だとね」

紗香は眉間にしわをよせた。

「そしたら君は、どう思うかな？」

質問の意図が理解できず、紗香は助けを求めるようにバーテンダーの方を見やったが、彼はスッと目をそらした。平井は容赦なく、問い続けた。

「自分の隣りにいる人、愛する恋人や伴侶、信頼している上司や同僚、好きなアーティスト、尊敬する恩師、子供の頃からの友人までもが実は、よその星から来た『異星人』であるとわかったら。君は、人々は、どうするんだろう？　異星人の国を新たに作って、そこに押し込めようとするのかな？　違いを無理に探しだして、やっぱりやつらは自分たちとは違う、と急に敵に回すのかな？」

紗香はじっと平井を見つめた。そして返した。

「『もし』とか、考えることの意味が、私にはよくわからないです」

平井は聞こえていないかのように、宙を見つめている。

「異種が自分たちの中にすっかり混じっているのに、国と国の間に線を引いていたなんて滑稽だなと、気づく者はいるだろうか……」

紗香は、ため息をついた。

「でも、それが作家のお仕事なんでしょうね。缶コーヒーの宣伝みたいですけど、面白いんじゃないんですか」

バッグから財布を出して、紗香はそろそろ帰ります、と告げた。

「あ、ぼくのおごりですから」

我にかえったように平井が言って、紗香は、ごちそうさまです、と席を立った。バーテンダーは苦笑して紗香に言った。

「許してあげて。平井くんは、いつもこうやって女の子を怒らしちゃうんだよ。だから未だに独身」

紗香はうなずいて返した。

「私は怒ってませんけど、納得です。お酒はおいしかったです」

速やかに店を出ようとしたが、さすがに酔いがまわっているようで、ドアのところで紗香はちょっとつまずいた。

「あぶない、送っていきますよ」

平井が追って店を出てきたが、大丈夫です、と紗香はふりかえらずに、どんどん道を進んだ。なぜ自分がそこまで怒っているかもわからなかったが、気づくと人影のない細い道に入り込んでいて、駅はどちらだろう、と見回していると、追いついた平井が呼んだ。

「紗香さん、そっちじゃないですよ」

「ほっといてください」

彼の横をぬけて、道を引き返そうとすると、平井が彼女の二の腕をつかんだ。驚く紗香を、平井は自分の方に引き寄せた。二人は見つめあった。

「怒らないで」

「怒ってません。今日の自分はホントにバカみたいで、腹が立ってるだけです。一人で帰れますから」

わかってます、と平井はのぞきこむように紗香に顔を近づけた。

「帰る前に、君にあげたいものがあるんだ」

不思議と抵抗する気がなくなり、紗香は彼を見返した。

「なにを？」

問う紗香に平井は微笑んで、彼女の唇に自分の唇を重ねた。

「……なっ」

紗香は平井から離れて、顔を赤くした。

「草の根運動です」

平井は穏やかに、おやすみなさいと一礼して、踵をかえして去って行った。そこに残された紗香は、姿勢のよい彼の後ろ姿を、あっけにとられて見送った。その背中に、なにか言って返してやりたかったが、半開きにしている口から言葉は一つも出なかった。熱く感じるその唇を、閉じることすらできなかった。

その日の出来事を紗香は、なんの意味もない事故だった、ということにして忘れようと努めた。けれど一週間ともたず、次の週末には、平井に連れて行かれたバーがある私鉄駅の繁華街に向かっていた。この辺りだった、と裏道を入ってみたが、おかしなことにその店がどうにも見つからない。タクシーでどうやって来たかも、平井にキスされたあとどうやって帰って来たかも、まったく思い出せず、バーの名前まで記憶から消えていた。

「けっこう飲んでたからなぁ」

周辺のバーで検索しても、それらしい店はなくて、紗香はあきらめて引き上げた。それからも平井のことを思い出しては、唇に熱いものを感じて、仕事も手につかなくなっている自分に紗香は戸惑った。連絡先も交換していないし、知っているのは「平井広」という名前と、同じ大学で物書きであるということだけ。調べてみたが同名の作家は存

在しなかった。あの日の飲み会の幹事にも聞いてみたが、

「平井広？」

「私の斜め向かいに座ってた、姿勢のいい人」

「そんなやついたっけ？」

「人数が足りなくて呼ばれた、って言ってたけど」

「OBとOGしか呼んでないけど。勘違いじゃない？」

怪訝な声で返された。卒業生なら古い名簿に名前があるかもと探してみたが、やはりなかった。全てが嘘だったのかもしれない。誰なの？　夢だったの？　と謎は深まり、まさに「幻の男」となって、捜索に行き詰まった紗香は、気づくと書店を訪れていた。

そして普段は足を止めることもない文芸のコーナーに来て、並ぶ本を見やった。物書きだというのも嘘かもしれないが、

「ペンネームで書いてるのかもしれない」

平積みになっている本の一冊を取りあげて、ぱらぱらとページをめくっていると、

「君はどんな小説が好き？」と聞いてきた平井の笑顔が思い出された。彼に会えないなら、代わりに何か読んでみようかという気になってきた。

「もしかしたら、ボロリン星人が出てくるかもしれないし」

紗香は顔をあげた。確かに、あの「静かな侵略者」の話に出会えたら、それは間違いなく平井の本だ。色々な本を片っ端から読んでいけば、いつかは平井の本に出会えるかもしれない。ボロリン星人が出てこなくても、読めば彼の本だとわかるような気がする。不思議な自信を感じて、まずはこの一冊から、と紗香は手にした本を持って、レジへと向かった。


絵本でぱんぱんにふくらんでいるトートバッグをさげて、紗香は児童館の門を入った。

「あ、よしかわさんが来た！」

さっそく紗香を見つけて、庭で遊んでいた幼児や小学生の子供たちがわらわらと集まってきた。女の子が待ちきれないように紗香に聞く。

「きょうは、どんなおはなし？」

「それは、見て聞いてのお楽しみ！」

紗香は笑顔で言って、彼らを引き連れて児童館の建物に入った。顔なじみの職員に挨拶をして、いつもの図書室へと向かうと、夏休みも後半で行く場所がなくなってきているのか、親子が二十人以上も集まっていて、大入り満員だった。今では「読み聞かせのよしかわさん」としてすっかり認知されている紗香は、こんにちは！　と皆に通る声で言って、どの子供たちからも見やすい場所に座り、一番前に陣取っている五歳ぐらいの男の子に声をかけた。

「ひさしぶりね、タカシ君。もう元気になったの？」

うん、とうなずく男の子に、隣りに座っている母親も微笑む。

「私が読んであげても、よしかわさんのお話が聞きたいって言うんです。よしかわさんの本の方がおもしろい、って」

「うれしいな」

紗香はトートバッグから絵本を取り出した。

「今日も、ちょっと変わった本を持ってきたよ。ヘンな本の方が私は好きだから」

子供たちは身をのりだして、紗香は絵本の表紙を皆に見せた。

「まず最初は、イノシシが出てくるお話です。このお話はね、最初は大人が読む小説だったんだけど、あとからその作家さんが自分で絵を描いて絵本にしたの。あまり上手な絵じゃないいんだけど」

大人たちがクスクスと笑った。

「そこがまたいいの。では読みます……『万次郎茶屋』」

一ページ目を開こうとしたとき、遠慮がちに図書室をのぞいている子供が見えて、紗香は手を止めて呼びかけた。

「いらっしゃい。今始まったところだから」

一年生ぐらいの女の子が恥ずかしそうに入ってきて、その後ろから父親らしき男性も入ってきた。その顔を見て、紗香は目を大きくした。相手も紗香を見て、動きを止めている。

「よしかわさん。はやくぅ」

子供たちがねだる声で、紗香はハッと我にかえった。どうぞ、お好きなところにお座りください、と紗香は元の夫、拓真に言って、二人は一番後ろの席に座った。

「はい……では、読みますね」

紗香は自分を落ち着かせるように何度か咳をしてから、絵本の朗読に入った。よしかわさんがなんか変だなと、皆も感じているようだったが、じきに子供たちが大好きなリズム感のあるいつもの口調になって、子供も親も絵本の世界に引き込まれていった。紗香がちらりと見ると、女の子と一緒に拓真も絵本の絵に集中しているので、嬉しくなり、紗香は何度も読んでいる絵本の文字を、ときに明るく、ときに淡々と、染み入るように丁寧に読んで聞かせた。

用意した絵本を全て読み終えて、大きな拍手をもらった紗香は、次の読み聞かせの予定を告げて、手をふって帰っていく親子を見送った。そして、拓真と女の子がそこに残った。紗香と拓真は互いに一礼したが、言葉が見つからず、紗香はかがんで拓真と手をつないでいる女の子の目線にあわせた。

「お名前は？」

「あかりです」

女の子は返して、紗香も自己紹介した。

「私は、よしかわさやかです。あなたのパパの、おともだちです」

女の子は困ったような顔で拓真を見上げた。

「あかりは、姪《めい》っ子なんだ」

拓真は言って、紗香を見た。

「久しぶりだね」

四十近くになってもあまり体型が変わっていない元夫は、元妻を見つめて微笑んだ。

「市報に君の名前があって。でもこの目で見るまで信じられなかった」

児童館の庭で他の子供たちと遊んでいるあかりを、拓真は少し離れたところから見守りながら、紗香に言った。

「みんな信じられないって言うもの。会社辞めて、フリーで仕事始めて。おまけに読み聞かせをやってるなんて」

紗香も子供たちが楽しげに地面に絵を描いているのを見つめながら返した。

「でも、すごくよかったよ」

「ありがとう」

「確かめたくて。男一人だと怪しまれるから姪っ子連れてのぞいてみたんだ」

「お子さんはいないの？」

拓真は一瞬黙った。

「君と離婚したきりだよ」

「再婚するって、聞いたけど？」

「まあ、そんな話も、あったことはあったけど」

彼が再婚していなかったという事実に驚きつつも、全ては遠い昔のことのように感じ、紗香はため息をついた。拓真が聞いた。

「そっちは？」

「こちらも未だ独身」

「そう」

「……恋はしたけれど。一生忘れることができない不思議な、他にはない恋。その人に恋したことで、私の人生は本当に大きく変わった」

感情を表にはださない拓真だが、複雑な表情になっているのが紗香にもわかった。

「相手は、どんな人？」

拓真に問われ、紗香は意外だった。前はこんなに積極的に話してくる人ではなかった。彼にも変わる何かがあったのかもしれない。

「それがね。その男とは、六時間ぐらい会っていただけなの。私の前に突然現れて、一夜で、一瞬で消えてしまった人。探し続けたけれど二度と会えなかった」

拓真の表情の中に単純に興味のようなものが生まれて、あかりから紗香へと視線を移した。

「その一瞬で、君は恋に落ちたんだ？」

「行きずりの人に恋する質《たち》みたい。その最初が、あなただった」

拓真は何も言わず紗香を見つめている。紗香は目をあわせないようにして話を続けた。

「とにかく、その幻の男が作家だということだけはわかっていて、ペンネームもわからないから本を片っ端から読んでいけば、彼の本に出会えるんじゃないかって思ったの」

「すごいな」

「もちろん、本屋にある本を全て読むなんてことはできないわ。でも幻の男を探すために、今まで読んだこともなかった小説を手当たりしだい読んでたら、開眼しちゃって、すっかり読書というものにハマッちゃったの」

拓真はうなずいて、紗香の話に耳を傾けている。

「こんなに色々な世界があるんだ、こんなに色々な考え方があるんだ、って。今までなんて狭い世界に住んでたんだろう、って。一冊読むごとに、それが面白くてもつまらなくても、自分に関連づけて考えるようになったの」

紗香はふふっと笑った。

「幻の男を見つけるための読書が私を変えたってわけ。まんまとヤツの思惑にのせられたわけよ」

久しぶりに、あのときのことを思い出した紗香は、自分の唇がまた熱く感じられた。

「思惑？」

「そう。幻の男は異星人。静かな侵略者だったわけ。すっかり洗脳されて、こんな読み聞かせのおばちゃんになっちゃった」

紗香は肩にさげている絵本を詰めたバッグを指した。

「新しいエネルギーも必要だけど、それを使う人間がどういう生き物であるか、そっちの方が大事だと思ったの。だから私は子供たちに、できるだけたくさんの、価値観の違うお話を読んで聞かせることを選んだの。私が体験したように」

「どれも、いい絵本だったよ」

「これなんだろうって、よくわからないものも選ぶようにして。だって世界って、宇宙って、わかってることばかりじゃないから」

拓真は、なんと返していいかわからないように紗香を見つめている。

「ごめんなさい。意味不明なことをペラペラと」

「いや、宇宙人だか、異星人だか知らないけど、君を変えた男にちょっと嫉妬してるだけ……」

二人は沈黙して、子供たちのはしゃぐ声だけが耳に届いた。

「あなたに謝りたかった」

紗香は告げた。

「あなたとの結婚は……観光旅行みたいなものだった。よその国に行って、自分の国と違うことが目新しくて惚れこんで、でもやっぱり自分の国の方が楽だし住みごこちがいいわ、って帰ってしまったようなもの。表面しか見ず、一冊の本を読むように、あなたのことを深くまで知ろうとしなかった」

「それは、ぼくも同じだから」

拓真は返して、寂しげに微笑んだ。

「二人とも若かったの。でも、人は成長できる」

「ぼくも、少しは変わったよ。少なくとも前より酒に強くなった」

「私はめっきり弱くなったけど。今一緒に飲んだら、ちょうどいいかもね」

紗香が言うと、拓真はしばらく地面を見つめて黙っていたが、顔をあげて言った。

「……おれ、今度、結婚するんだ」

紗香は、ちょっと驚いたような表情になって、

「そう」

と返すと、笑顔になって彼を祝福した。

「おめでとう。あなたが幸せになってくれて嬉しい」

紗香は心の底からそう思っていた。黙ってうなずく拓真のところに、あかりがパタパタと駆けて来た。

「そろそろ帰るか？」

と拓真が手を差し出すと、あかりはその手をにぎり、

「みんなで、絵描いたの。見て」

と引っぱって、二人は子供たちが枝を使って砂の上に描いた絵を見に行った。

「あら、イノシシの万次郎ね！　絵本の絵より上手に描けてる」

紗香は子供たちの絵を嬉しそうに見て言った。

「あら、こっちはなに？　ずいぶん大きな男の人ね？」

あかりが元気よく返した。

「これはね、ボロリン星人！」

紗香は自分の耳を疑った。

「いま、なんて言った？」

「ボロリン星人。この前買ってもらった本に、出てくるの」

紗香は目を大きくしたまま、平井に似ているようにも思う男の絵を見つめて、そこに立ち尽くした。拓真が怪訝な顔で聞いた。

「どうした？」

「……ううん」

と紗香は首を横にふって、あかりに微笑んだ。

「ボロリン星人か。面白そうね」

「さやかさんも読みたい？　貸してあげるよ」

紗香は、もう一度首を横にふった。

「ありがとう。でも、今はいいわ。おうちに読まなきゃいけない本がいっぱいあるから。ボロリン星人は読みたいけど……またにする」

そして拓真を見て、微笑んだ。

「そうなの。読まなきゃいけない本が、私にはまだまだあるの」

紗香は自分にうなずいて、駆けまわる子供たちを見やった。


「いらっしゃい」

オーク材の扉を開けて平井が店に入ってくると、老バーテンダーが迎えた。

「お疲れさん。草の根運動の方はどうだい」

平井はカウンターの席に座ると、肩をすくめた。

「難しいね。近頃は本も売れないし」

注文しないうちに生ビールが置かれて、平井は首を傾げた。

「これは、おごり？」

「そう。奥の席の方から」

バーテンダーはしわだらけの手で、テーブル席の方を指した。平井がそちらを見ると、

「久しぶり」

拓真が手をあげた。

「めずらしいね。なんか報告でもあるのかな」

拓真は自分のグラスを持ってやってきて、平井の隣りに座った。

「まあ、そんなとこ」

平井は、いただきます、とビールを口にした。

「ダメだね。いただきます、ってグラスをちょっと持ち上げなきゃ」

拓真は自分のグラスでやって見せた。

「君はほとんど人間に育てられてるから完璧だけど。おれにそこまで求めないで」

まあね、と拓真は自分の酒を飲んだ。そして聞いた。

「……紗香が、あなたの本を見つけたよ。連絡あった?」

平井は首を横にふった。

「たぶん、連絡はないと思う。おれの役目は終わってる」

「こっちにも、たぶん連絡はないな。結婚するって言ったから」

平井は眉間にしわをよせた。

「なんで、そんな嘘を？」

「久しぶりに彼女に会って驚いた。あなたの仕事はさすがだ、みごとだよ。おれは惨敗したから」

「深入りすると逆に難しいんだよ。だからの六時間」

バーテンダーは、ちらりと二人の男を見た。拓真は平井に言った。

「確かに人間は変われる。でも、あんなに成長するんだって思ったら逆に恐くなった。おまけに、おれたちにはないものが彼らにはある。自分たちの方が影響を受けて変えられてしまいそうだよ。実際、自分が何者なのか、わからなくなってる」

「意外といくじなしだな」

「前から彼女にはふりまわされたけど、成長した彼女はなんていうか活き活きしてて、また魅力が増して……ホント恐い。当分、人間の女に近寄るのはやめとく」

二人は同時に、もう一杯、とバーテンダーに頼んだ。

「おれに譲ろうとして、結婚するって言ったのか？」

「違うよ。いくじなしなだけ」

「わざと、おれの本を彼女に教えたな」

「いや、それはない」

あのね、とバーテンダーは、二人の前にそれぞれビールを出して言った。

「人間は恐いだの、役目は終わっただの言ってるけど。私に言わせりゃ、そういう話ではないね」

平井と拓真はバーテンダーを見た。

「女という異性人に恋しちゃったっていう」

よくある話、とバーテンダーは哀れむようにうなずいた。

「二人とも不器用な男ってだけ。悲しいかな、全宇宙の全生命体に共通して『恋愛ベタ型』ってのはいるんだな、これが」

平井と拓真は、なにも言えません、とうなだれた。

「ってことは、どの星で生まれようが、そんなに違わないってことか。ま、だから互いを成長させることもできる」

「さすが長老。草の根運動を言い出しただけある」

バーテンダーはカウンターを拭きながら、扉の方を見やった。

「連中が、この店を見つける日も近いさ」

初出

親友　「SF宝石」二〇一五年八月刊

初夜――ファーストコンタクト　「小説宝石」二〇一六年八月号

質問回答症候群　「小説宝石」二〇一六年一月号

80パーマン　「小説宝石」二〇一六年四月号

万次郎茶屋　「小説宝石」二〇一六年十一月号

私を変えた男　「小説宝石」二〇一七年一月号

二〇一七年四月　光文社刊

光文社文庫

万《まん》次《じ》郎《ろう》茶《ぢゃ》屋《や》

著 者　中《なか》島《じま》たい子《こ》

2021年9月20日　初版1刷発行

発行者　鈴 木 広 和
印 刷　萩 原 印 刷
製 本　ナショナル製本

発行所　株式会社 光 文 社
〒112-8011 東京都文京区音羽1-16-6
電話 (03)5395-8149 編 集 部
8116 書籍販売部
8125 業 務 部

ISBN978-4-334-79240-4 Printed in Japan

組版 萩原印刷